Wladimir Makanin

Der kaukasische Gefangene

Wladimir Makanin

Der kaukasische Gefangene

Drei Erzählungen

Aus dem Russischen von
Annelore Nitschke

Luchterhand

Die Erzählungen erschienen unter den Titeln
Kawkaski plennyi, Udawschijsja rasskas o ljubvi und
Bukwa a in dem Band *Udawschijsja rasskas o ljubvi*
bei Wagrius, Moskau

© 2001 Wladimir Makanin
© 2005 für die deutsche Ausgabe
Luchterhand Literaturverlag, München
in der Verlagsgruppe Random House GmbH
Satz: Filmsatz Schröter GmbH, München
Druck und Bindung: GGP Media GmbH, Pößneck
Alle Rechte vorbehalten. Printed in Germany
ISBN 3-630-87155-0

Der kaukasische Gefangene

I

Die beiden Soldaten wußten wahrscheinlich nicht, daß *Schönheit die Welt rettet*, aber was Schönheit ist, wußten sie im allgemeinen schon. Inmitten der Berge fühlten sie die Schönheit (die Schönheit der Landschaft) nur allzu gut – sie erschreckte sie. Aus einem Hohlweg schoß plötzlich ein Bach heraus. Noch unheimlicher war ihnen die offene Lichtung, die von der Sonne in grelles Gelb getaucht war. Rubachin geht voran, er hat mehr Erfahrung. Die vom Sonnenlicht überflutete Gegend erinnert ihn an eine glückliche Kindheit (er hatte keine). Stolze südliche Bäume (deren Namen er nicht kennt) stehen frei im Gras. Das hohe, im schwachen Wind wogende Gras macht dem Flachländer innerlich am meisten zu schaffen.

»Halt, Wowka. Nicht so eilig«, warnt Rubachin halblaut.

Sich im fremden, offenen Gelände zu bewegen ist so, als befände man sich bereits im Fadenkreuz. Bevor sie aus dem dichten Gebüsch heraustreten, reißt Schütze Wowka seinen Karabiner hoch und schwenkt ihn auffallend langsam von links nach rechts, benützt das Zielfernrohr als Feldstecher. Er hält den Atem an. Er sucht die an Sonne so verschwenderische Gegend ab. Er bemerkt vor einem Hügel ein kleines Transistorradio.

»Aha«, ruft Schütze Wowka flüsternd aus. (Der Hügel ist trocken. Das Glas am Radio blitzt in der Sonne auf.)

Mit kurzen Sprüngen pirschen sich die beiden Soldaten in ihren gefleckten Feldblusen an den zur Hälfte ausgehobenen (und längst zugewucherten) Gasleitungsgraben heran – an den herbstlich braunen Erdbuckel. Sie untersuchen das kleine Radio, erkennen es sofort. Der Gefreite Bojarkow verkrümelte sich gerne, wenn er betrunken war, und lag dann irgendwo, dieses alte Transistorradio im Arm. Sie suchen im hohen Gras nach der Leiche. Finden sie nicht weit entfernt. Auf Bojarkows Körper liegen zwei Steine. Den hat es erwischt. (Aus nächster Nähe erschossen – hat sich wohl nicht mal mehr seine betrunkenen Augen reiben können. Eingefallene Wangen. Und in der Truppe hatten sie gedacht, er sei desertiert.) Keine Papiere. Man muß Meldung machen. Aber warum haben die Rebellen das Radio nicht mitgenommen? Weil es ein Beweisstück ist? Nein. Weil es zu alt ist und rauscht. Keine Wertsache. Die Unumkehrbarkeit des Geschehenen (der Tod: ein klarer Fall von Unumkehrbarkeit) treibt sie zu hektischer Eile an, gegen ihren Willen. Sie nehmen flache Steine statt Spaten und verscharren den Getöteten energisch und rasch. Ebenso rasch häufen sie die Erde über ihm auf (zum deutlich wahrnehmbaren Hügel), dann gehen die Soldaten weiter.

Und wieder hohes Gras – kurz vor dem Ende des Hohlwegs. Es ist noch kein bißchen gelb. Wogt sacht. Und die Vögel zwitschern so fröhlich einander am Himmel zu (über den Bäumen, über den beiden Soldaten). Vielleicht rettet Schönheit ja doch die Welt. Ab und an erscheint sie als Zeichen. Bewahrt den Menschen davor, vom Weg abzukommen. (Bleibt in seiner Nähe. Behält ihn im Blick.) Schönheit zwingt ihn zur Achtsamkeit, er wird sich erinnern.

Doch diesmal ist die offene sonnige Gegend vertraut und ungefährlich. Die Berge treten auseinander. Vor ihnen liegt schnurgerade der Weg, bald kommt die von Fahrzeugen ausgefahrene staubige Gabelung, dort befindet sich ihre Einheit. Die Soldaten beschleunigen unwillkürlich den Schritt.

Oberstleutnant Gurow hält sich jedoch nicht bei der Truppe auf, er ist zu Hause. Sie müssen zu ihm. Ohne auch nur einen Augenblick zu rasten, stiefeln die Soldaten weiter zu ihrem Oberstleutnant, zum Allmächtigen dieses Ortes, wie auch aller angrenzenden (schönen und sonnigen) Orte. Er und seine Frau wohnen in einem stattlichen Bauernhaus mit weinumrankter, lauschiger Veranda; zum Haus gehört auch Hofland. Heiße Tageszeit – Mittag. Auf der offenen Veranda: Oberstleutnant Gurow und sein Gast Alibekow; sie dösen, vom Mittagessen erschlafft, in leichten Korbsesseln und warten auf den Tee. Rubachin erstattet Meldung, stotternd und zagend. Schläfrig betrachtet Gurow die beiden, die so verstaubt sind (und ungebeten erschienen, außerdem – und das ist auch nicht gerade von Nutzen – sind ihm ihre Gesichter vollkommen fremd); für einen Augenblick verjüngt sich Gurow: Er hebt jäh die Stimme und schreit – keine Verstärkung, für wen auch immer, was, zum Teufel, für Verstärkung! –, er müsse lachen, wenn er höre, daß er seine Soldaten ins Hochtal schicken solle, um Lastwagen aus der Klemme zu helfen, in die sie aus eigener Dummheit geraten seien!

Außerdem werde er sie nicht so ohne weiteres entlassen. Verärgert befiehlt er den beiden Soldaten, sich den Sand vorzunehmen: Arbeitet mal schön – helft im Hof. Ke-e-ehrt marrrsch! Den Sandhaufen da an der Einfahrt verteilen. Auf alle Wege! – Zum Haus und zum Gemüsegarten! – Überall dieser Matsch, verflucht noch mal, keiner kommt mehr durch! … Die Frau des Oberstleutnants freut sich über die zupackenden Hände der beiden Soldaten. Anna Fjodorowna erscheint sogleich im Gemüsegarten, die Ärmel aufgerollt, in schmutzigen, zerrissenen Männertretern; erfreut ruft sie, sie sollten ihr auch noch bei den Beeten helfen!

Die Soldaten bringen den Sand in Schubkarren. Verteilen ihn, säen ihn mit den Schaufeln auf die Wege. Hitze. Aber der Sand ist feucht, offenbar gerade vom Fluß geholt.

Wowka hat das Transistorradio des getöteten Gefreiten auf dem Sandhaufen aufgebaut und flotte, anfeuernde Musik eingestellt. (Aber auf kleiner Lautstärke. Nur zum eigenen Vergnügen. Damit Gurow und Alibekow, die sich auf der Veranda unterhalten, nicht gestört werden. Alibekow feilscht, seinen gedehnt herüberklingenden Worten nach zu schließen, um Waffen – eine wichtige Sache.)

Das Radio auf dem Sandhügel erinnert Rubachin noch einmal daran, welch schönen Platz sich Bojarkow für seinen Tod ausgesucht hatte. Dieser dumme Saufkopf war aus Angst, im Wald zu schlafen, auf die Lichtung hinausgegangen. Auch noch zu der Erhebung. Als die Rebellen angriffen, stieß er wohl sein kleines Radio weg (seinen treuen Freund), um es im Gras verschwinden zu lassen. Bojarkow hatte offenbar Angst, daß sie es mitnehmen könnten – ich selbst komme schon irgendwie klar, aber meinen Freund, den gebe ich nicht preis. Unsinn! Er war einfach betrunken eingeschlafen, das Radio entglitt seinem Arm und rutschte den Abhang hinunter.

Sie haben ihn aus nächster Nähe erschossen. Junge Kerle. Die wollen möglichst schnell den ersten Feind umbringen, um auf den Geschmack zu kommen. Auch einen, der noch halb schläft. Das Radio steht jetzt auf dem Sandhaufen, Rubachin sieht wieder die rotbraune, von der Sonne überglänzte Erhebung vor sich, mit den zwei zähen Büschen am Nordhang. Die Stelle war unglaublich schön, und Rubachin klammert sich – in der Erinnerung – an den Hang, wo Bojarkow eingeschlafen war (verinnerlicht ihn immer mehr), an diese Erhebung, das Gras, das goldene Laub der Büsche und damit an eine weitere Erfahrung des Überlebens, die durch nichts zu ersetzen ist. Die Schönheit ist ausdauernd bei ihrem Versuch zu retten. Sie ruft den Menschen. Erinnert ihn an sich.

Zunächst haben sie die Schubkarren mühsam durch den Matsch geschoben, dann kamen sie auf eine Idee: Bretter auf die Wege legen. Als erster schiebt Wowka flink seine Schubkarre darüber, hinter ihm stößt Rubachin seine riesengroße, vollbeladene Schubkarre voran. Er ist nackt bis zum Gürtel, sein starker, schweißnasser Körper glänzt in der Sonne.

»Ich gebe dir zehn Kalaschnikows. Ich gebe dir fünf Kisten Patronen. Hast du gehört, Alibek – nicht drei, sondern fünf.«

»Ich habe gehört.«

»Aber bis zum ersten muß Proviant her ...«

»Ich mache nach dem Mittagessen immer ein Schläfchen, Petrowitsch. Du auch, wie ich weiß. Hat Anna Fjodorowna unseren Tee vergessen?«

»Nein. Keine Sorge.«

»Wieso keine Sorge?!« lacht der Gast. »Tee ist ja nicht Krieg, Tee wird kalt.«

Gurow und Alibekow bringen ihr nicht enden wollendes Gespräch erneut träge in Gang. Aber die Lässigkeit ihrer Worte (wie auch die Trägheit ihres Streits) ist trügerisch – Alibekow ist wegen der Waffen da, und Gurow, seine Offiziere und Soldaten benötigen dringend Proviant, Lebensmittel.

»Die Fressalien müssen bis zum Ersten dasein. Und keine blöden Hinterhalte in den Bergen. Wein muß nicht sein. Aber wenigstens ein bißchen Wodka.«

»Wodka gibt's nicht.«

»Treib welchen auf, Alibekow. Ich treibe Patronen für dich auf!«

Der Oberstleutnant ruft seine Frau: Wo bleibt der Tee? Ach, gleich kommt er, schön stark! – Wie, Anja? Du schreist von den Beeten rüber, hast du ihn denn schon aufgebrüht?!

In Erwartung des Tees stecken sich beide satt und träge eine Zigarette an. Der Rauch streicht ebenso träge von der kühlen Veranda zum Weinlaub und zieht – in Schwaden – zum Gemüsegarten.

Schütze Wowka gibt Rubachin ein Zeichen: Ich will sehen, ob ich was zu trinken beschaffen kann (wenn wir hier nun mal feststecken). Schritt für Schritt entfernt sich Wowka zum Flechtzaun. (Er hat immer verschmitzte Zeichen und Gesten auf Lager.) Hinter dem Zaun steht eine junge Frau mit ihrem Kind, Schütze Wowka und sie machen einander sogleich schöne Augen. Schon ist er über den Zaun gesprungen und verwickelt sie in ein Gespräch. Sauber! Rubachin schiebt derweil die Schubkarre mit dem Sand. Jedem das Seine. Wowka gehört zu jenen schneidigen Soldaten, die langwierige Arbeit nicht aushalten. (Und jede andere Arbeit auch nicht.)

Na, so was: Schon alles geritzt! Erstaunlich, wie prompt ihm die junge Frau entgegenkommt, als hätte sie nur darauf gewartet, daß er sie freundlich anspricht. Übrigens ist Wowka sympathisch, er lächelt gern, und wo er einen Augenblick zu lang verweilt, schlägt er gleich Würzelchen.

Wowka umarmt sie, sie wehrt ihn ab. Wie üblich. Wowka ist klar, daß er sie in die Hütte locken muß. Er redet auf sie ein, versucht, sie an der Hand zu zerren. Die junge Frau sträubt sich: »Nein, hab ich gesagt!« Sie lacht. Doch Schritt für Schritt bewegen sie sich auf die Hütte zu, zur Tür, die wegen der Hitze einen Spalt weit offensteht. Jetzt sind sie da. Das Bübchen neben der Tür spielt weiter mit der Katze.

13

Rubachin ist unterdessen mit seiner Schubkarre zugange. Wo er nicht durchkommt, verlegt er die Bretter von der alten Stelle zu einer neuen schnurgeraden Spur und lenkt, das Gewicht des Sandes ausbalancierend, vorsichtig das Rad darüber.

Oberstleutnant Gurow setzt seinen gemächlichen Handel mit Alibekow fort, seine Frau (sie hat die Hände gewaschen und eine rote Bluse angezogen) hat ihnen den Tee serviert, jedem seinen eigenen – zwei Teekannen von orientalischer Eleganz.

»Sie macht ihn gut, versteht was vom Teekochen!« lobt Alibekow.

Gurow:

»Warum bist du so störrisch, Alibek! … Du bist doch, objektiv gesehen, ein Gefangener. Vergiß nicht, wo du dich befindest. Du sitzt bei mir.«

»Wieso ich bei dir?«

»Zumindest deswegen, weil diese Täler uns gehören.«

»Die Täler gehören euch, die Berge uns.«

Alibekow lacht:

»Du bist ein Scherzbold, Gurow. Ich und ein Gefangener … Du bist hier der Gefangene!« Lachend zeigt er auf Rubachin, der eifrig die Schubkarre schiebt: »Er ist ein Gefangener. Du bist ein Gefangener. Und überhaupt ist jeder von deinen Soldaten ein Gefangener!«

Er lacht:

»Und ich bin eben kein Gefangener.«

Wieder seine Forderung:

»Zwölf Kalaschnikows. Und sieben Kisten Patronen.«

Jetzt lacht Gurow:

»Zwölf, ha-ha! … Was ist das für eine Zahl – zwölf? Woher nimmst du diese Zahlen? … Ich verstehe – zehn; eine gute Zahl, kann man sich merken. Also zehn Kalaschnikows!«

»Zwölf.«

»Zehn …«

Alibekow seufzt entzückt:

»Ein schöner Abend wird das heute!«

»Bis zum Abend ist es noch lang.«

Sie trinken langsam Tee. Gemächliches Gespräch zwischen zwei Männern, die sich seit langem kennen und achten. (Rubachin schiebt die nächste Fuhre. Kippt sie. Schüttet den Sand aus. Verteilt den Sand mit der Schaufel, glättet ihn.)

»Weißt du, was die Alten bei uns sagen, Petrowitsch? In unseren Dörfern und Aulen gibt es kluge alte Männer.«

»Was sagen sie denn?«

»Sie sagen, es wäre an der Zeit, nach Europa zu marschieren. Es wäre Zeit für einen neuen Feldzug.«

»Genug, Alibek. Euro-opa!«

«Na und? Europa ist Europa. Die Alten sagen, es sei gar nicht so weit. Die Alten sind mißmutig. Die Alten sagen, wo die Russen hingehen, da gehen wir auch hin – was schießen wir hier aufeinander?«

»Dann frag doch deine Freunde, warum?« schreit Gurow verärgert.

»O-o-oh, beleidigt. Trinken wir Tee, Balsam für die Seele …«

Eine Weile schweigen sie. Alibekow überlegt wieder, während er sich geruhsam eine Tasse Tee einschenkt:

»… es ist ja gar nicht so weit weg. Man muß eben von Zeit zu Zeit gegen Europa zu Felde ziehen. Die Alten sagen, dann hätten wir sofort Frieden. Und das Leben wäre wieder Leben.«

»Es wird schon noch. Warte!«

Gurow seufzt.

»Der Abend wird heute wirklich wunderbar. Da hast du recht.«

»Ich habe immer recht, Petrowitsch. Na, schön, zehn Kalaschnikows, einverstanden. Aber Patronen – sieben Kisten …«

»Wieder die alte Leier. Woher nimmst du nur diese Zahlen – es gibt keine Zahl Sieben!«

Die Hausfrau bringt (in zwei weißen Kochtöpfen) die Reste des Mittagessens, um die beiden Soldaten zu verköstigen. Rubachin freut sich – ja! ja! Ein Soldat sagt doch nicht nein! … »Und wo ist der andere?« Da stottert Rubachin schweren Herzens eine Lüge: Er glaube, der Schütze habe Bauchgrimmen. Nach kurzem Nachdenken fügt er etwas überzeugender hinzu: »Er quält sich, der Arme.« – »Vielleicht hat er zuviel Grünzeug gegessen? Zu viele Äpfel?« fragt die Frau Oberstleutnant mitleidig.

Die Kwaßsuppe schmeckt köstlich, gehacktes Ei und Wurststückchen sind drin; Rubachin hat sich über den ersten Topf gebeugt. Dabei schlägt er laut mit dem Löffel gegen den Rand. Ein Zeichen.

Schütze Wowka hört (und versteht natürlich) das Klappern des Löffels. Aber ihm ist jetzt nicht nach Essen zumute. Die junge Frau hört (und versteht) ihrerseits das vom Hof hereinklingende hysterische Miauen und danach den Schrei des gekratzten Bübchens:»Mamaa!« Offenbar hat es die Katze am Schwanz gezogen. Aber die Frau ist im Augenblick nur von einem Gefühl beseelt: Ausgehungert nach Zärtlichkeit, umarmt sie froh und gierig den Schützen, sie will sich das unverhoffte Glück nicht entgehen lassen. Gegen den Schützen kann man nichts sagen – Soldat ist eben Soldat. Da ertönt wieder der kindliche Jammerschrei:»Mamaa ...«

Die Frau reißt sich vom Bett los – streckt den Kopf zur Tür hinaus und schnauzt den Kleinen an; zieht die Tür weiter zu. Barfuß patscht sie zu dem Soldaten zurück; und lodert aufs neue auf.»Hui, du gehst aber ran!« Wowka ist begeistert, sie hält ihm den Mund zu:»Psst ...«

Flüsternd erteilt ihr Wowka den schlichten Soldatenauftrag, bittet die junge Frau, in den Dorfladen zu gehen und diesen gräßlichen Portwein zu kaufen, als Soldat in Uniform bekäme er keinen, aber für sie sei das doch eine Kleinigkeit ...

Er teilt ihr auch seine Hauptsorge mit: Sie bräuchten nicht nur eine Flasche, sondern eine ganze Kiste Portwein.

»Wozu?«

»Zum Zahlen. Man hat uns den Weg versperrt.«

»Spinnt ihr?! Wenn ihr Portwein braucht, dann geht doch zum Oberstleutnant!«

»Haben wir doch gemacht, wir Blödmänner.«

Die junge Frau weint plötzlich – erzählt, sie sei vor kurzem von der Straße abgekommen und vergewaltigt worden. Schütze Wowka stößt einen verwunderten Pfiff aus: So war das also! … Voller Mitgefühl (und Neugier) fragt er, wie viele es gewesen seien. – Vier, schluchzt sie und wischt sich die Augen mit dem Zipfel des Bettlakens. Er möchte sie weiter ausfragen. Aber sie möchte schweigen. Stupst den Kopf, den Mund auf seine Brust: Wünscht sich tröstende Worte; einfaches Gefühl.

Sie unterhalten sich: Ja, eine Flasche Portwein würde sie ihm natürlich kaufen, aber nur, wenn er zum Laden mitkäme. Sie würde ihm dann gleich die gekaufte Flasche geben. Sie könne doch nicht mit der Flasche heimgehen, nach allem, was ihr zugestoßen sei – die Leute wüßten doch, die Leute könnten denken …

Im zweiten Topf ist auch noch viel drin: Grütze und ein Stück Büchsenfleisch – Rubachin verputzt alles. Er ißt nicht schnell, nicht gierig. Spült alles mit zwei Bechern kalten Wassers hinunter. Das Wasser läßt ihn ein wenig frösteln, er zieht die Feldbluse an.

»Verschnaufen wir ein Weilchen«, sagt er zu sich selbst und geht zum Flechtzaun.

Er legt sich aufs Ohr: nickt ein. Aus dem kleinen Nachbarhaus, in dem Wowka verschwunden ist, hört man eine leise Abmachung durchs offene Fenster.

Wowka: »Ich kauf dir ein Geschenk. Ein schönes Kopftuch. Oder einen Schal.«

Sie: »Du fährst doch weg.« (Weint.)

Wowka: »Dann schick ich's dir, wenn ich wegfahre! Ganz bestimmt!«

Wowka bettelt lange, sie solle sich im Stehen hinunterbeugen. Der nicht besonders große Wowka (er macht den Soldaten gegenüber nie einen Hehl daraus) nimmt eine starke Frau gern von hinten. Ob sie das denn nicht verstehe? Das sei so üblich, wenn die Frau groß sei ... Sie wehrt sich, sträubt sich. Unter ihrem langen, heißen Geflüster (die Worte sind nicht mehr zu verstehen) schläft Rubachin ein.

Vor dem Laden nimmt ihr Wowka die Flasche Portwein aus der Hand, steckt sie in die tiefe, zuverlässige Tasche seiner Soldatenhose und rennt im Laufschritt zurück zu Rubachin. Die junge Frau hat ihm wirklich geholfen, nun schreit sie gepreßt, schreit ihm einen Vorwurf nach, doch Wowka winkt ab, er hat nichts mehr mit ihr im Sinn – aus, vorbei, er muß zurück! ... Er läuft durch die schmale Straße. Er läuft zwischen den Flechtzäunen hindurch, kürzt den Weg zum Haus von Oberstleutnant Gurow ab. Er hat eine Neuigkeit (und was für eine!) – als der Schütze vor dem Kramladen mit den Spuckflecken auf dem Boden stand (auf die Flasche wartete) und sich umblickte, schnappte er etwas von vorbeigehenden Soldaten auf.

Er springt über den Zaun, findet den schlafenden Rubachin und rüttelt ihn:

»Hör zu, Rubacha! ... Kein Scheiß: Oberfeldwebel Sawkin geht gleich in den Wald, Rebellen entwaffnen.«

»Hä?« Rubachin schaut ihn verschlafen an.

Wowka redet auf ihn ein. Macht ihm Beine:

»Die gehen Rebellen entwaffnen. Da sollten wir auch mit. Wir schnappen uns einen *Tschurka* hier aus den Bergen – das wäre doch Klasse! Du hast doch selbst gesagt …«

Rubachin ist schon aufgewacht. Ja, hab kapiert. Ja. Das kommt uns wie gerufen. Ja-a, das wäre gut – wir müssen gehen. Die Soldaten stehlen sich klammheimlich vom Hof des Oberstleutnants. Holen vorsichtig ihre Kampfrucksäcke und Waffen, die am Brunnen stehen. Sie klettern über den Zaun und verschwinden durch die Nachbarpforte, damit die beiden auf der Veranda sie nicht sehen und rufen.

Sie werden nicht gesehen, und auch nicht gerufen. Man sitzt dort friedlich beisammen.

Hitze. Stille. Alibekow singt halblaut vor sich hin, seine Stimme klingt rein.

»Still ist's, bis der Tag erwacht …«

Stille.

»Die Menschen ändern sich nicht, Alibek.«

»Glaubst du?«

»Sie werden nur älter.«

»Ha. Wie du und ich …« Alibekow schenkt seine Tasse mit dünnem Strahl ein. Er hat keine Lust mehr, zu verhandeln. Ist traurig. Außerdem hat er alle Worte gesagt, und jetzt erreichen die richtigen Worte von ganz allein (durch ihre gemächliche Logik) seinen alten Freund Gurow. Man braucht nicht laut zu sprechen.

»Guter Tee ist gar nicht mehr zu kriegen.«

»Na und.«

»Der Tee wird teurer. Das Essen wird teurer. Nur die Zeit ändert sich nicht.« Alibekow dehnt die Worte. Da bringt die Frau des Hauses zwei Kännchen mit frischem Teesud, wie gerufen. Der Tee wird teurer. Stimmt. »Ob sich die Zeit ändert oder nicht, du wirst uns doch Proviant liefern, Bruder ...«, denkt Gurow und behält seine Worte für sich.

Gurow weiß, daß Alibekow klüger ist als er, schlauer. Dafür sind seine, Gurows, wenigen Gedanken von Dauer und in langen Jahren zu so reiner Klarheit durchdacht, daß sie keine Gedanken mehr sind, sondern Teile seines Körpers, wie Arme und Beine.

Früher (in vergangenen Tagen) zog er, wenn es zu logistischen Störungen oder Engpässen in der Versorgung der Soldaten kam, sogleich seine Paradeuniform an. Auf der Brust befestigte er seinen Orden und seine Medaillen. Im Kübelwagen raste er dann (hui, mit was für Staubwolken, mit was für Fahrtwind!) auf den gewundenen Gebirgsstraßen ins Bezirkszentrum, bis er schließlich vor dem vertrauten Gebäude mit den Säulen vorfuhr; schnurstracks ging er hinein, ohne seinen Schritt zu verlangsamen (und einen Blick auf die vom Warten zermürbten Besucher und Bittsteller zu werfen), geradewegs ins Amtszimmer. Wenn nicht im Bezirkskomitee, dann im Vollzugsausschuß des Kreissowjets. Gurow verstand es, sich Gehör zu verschaffen. Gelegentlich fuhr er eigenhändig zum Militärstützpunkt und verteilte Bestechungsgeld, und manchmal schmierte er den, auf den es ankam, noch mit einer schönen Pistole mit eingraviertem Namen (kann nicht schaden: Osten ist Osten! pflegte er zu sagen … Er kam gar nicht auf die Idee, daß sich diese schalkhaften Worte eines Tages bewahrheiten würden). Jetzt ist eine Pistole gar nichts, pah. Jetzt sind zehn Gewehre noch zu wenig – gib mir zwölf. Er, Gurow, muß seine Soldaten ernähren. Im reiferen Alter fallen dem Menschen Veränderungen schwerer, doch dafür bringt er mehr Nachsicht mit menschlichen Schwächen auf. Das gleicht es wieder aus. Er muß auch sich selbst ernähren. Das Leben geht weiter, und Oberstleutnant Gurow hilft nach, damit es weitergeht – das ist die ganze Antwort. Wenn er Waffen eintauscht, denkt er nicht an die Folgen. Außerdem – was macht er schon groß? Das Leben hat sich von ganz allein verändert, sich für alle möglichen Tauschgeschäfte geöffnet (tausche X gegen Y ein) – und Gurow tauscht auch. Das Leben hat sich von allein in Krieg verwandelt (in was für einen blöden Krieg – weder Krieg, noch Frieden!) – und Gurow kämpft natürlich. Kämpft, schießt aber nicht. (Entwaffnet nur von Zeit zu Zeit auf Befehl die Rebellen. Oder schießt zu guter Letzt auf einen anderen Befehl hin; von oben.) Er wird auch diese Zeit meistern, wird ihr gerecht werden. Aber … aber natürlich trauert er. Er trauert den vergangenen klaren Zeiten nach, als er nach der rasenden Fahrt mit seinem Wagen in das betreffende Amtszimmer eintreten, brüllen und nach Herzenslust fluchen konnte, um sich dann, friedlicher gestimmt, in den Ledersessel zu lümmeln und mit dem Mann vom Bezirkskomitee wie mit einem guten Bekannten ein Zigarettchen zu rauchen. Die Bittsteller draußen vor der Tür durften derweil warten. Einmal traf er den Mann vom Bezirks-komitee weder im Amt noch zu Hause an: Er war wegge-fahren. Dafür traf Gurow seine Frau an. (Nachdem er zu seiner Privatadresse gefahren war.) Und erhielt ebenfalls keine Abfuhr. Sie gab dem schneidigen Major Gurow mit den ersten weißen Haaren alles, was eine ausgehungerte Frau geben kann, die im Sommer eine ganze Woche allein gelassen worden ist. Alles, was sie konnte. Alles und sogar noch mehr, dachte er (im Hinblick auf die Schlüssel zum riesigen Kühlraum Nr. 2, zum Fleischkombinat des Be-zirks, wo frisch geräuchertes Fleisch gelagert war).

»Alibek. Mir fällt gerade ein: Kannst du nicht Rauch-fleisch auftreiben?«

3

Die Entwaffnungsoperation (schon zu Jermolows Zeiten hieß sie »Hufeisen«) lief darauf hinaus, daß die Rebellen eingekesselt wurden, der Kessel aber nicht gänzlich ge-schlossen wurde. Man ließ einen einzigen Ausweg offen. Während die Rebellen diesen Pfad entlanghetzten, bil-deten sich Lücken in ihrer Kette, so daß es zwar keine ganz leichte, aber machbare Sache war, einen von ihnen aus dem Hinterhalt – sei es von rechts oder links – ins Ge-büsch zu zerren (oder im Sprung vom Pfad den Abhang hinunterzustoßen und dort zu entwaffnen). Natürlich fand unterdessen ein Schnellfeuer über die Köpfe hinweg statt, das die Rebellen einschüchterte und zur Flucht zwang.

Wowka und Rubachin hatten sich unter die Soldaten gemischt, die zur Entwaffnung auszogen, doch Wowka war gesichtet und sofort ausgemustert worden: Oberfeldwebel Sawkin verließ sich nur auf seine eigenen Männer. Sein Blick glitt über Rubachins bullige Gestalt, stemmte sich jedoch nicht gegen ihn, schrammte ihn nicht, und der heisere Befehl »Zwei Schritte vor!« folgte nicht – wahrscheinlich hatte ihn der Oberfeldwebel einfach nicht bemerkt. Rubachin stand mit den bulligsten, kräftigsten Soldaten in einer Gruppe, verschmolz mit ihnen.

Sobald das Feuer einsetzte, saß Rubachin auch schon im Hinterhalt; er rauchte im Gebüsch mit einem Gefreiten namens Gescha: Als altgediente Soldaten erinnerten sie sich an die Kameraden, die bereits entlassen waren. Nein, sie beneideten sie nicht. Warum auch? Man weiß ja nicht, wo man besser dran ist …

»Die rennen ziemlich flink«, sagte Gescha, ohne den Blick zu den durchs Gebüsch hastenden Schatten zu heben.

Die Rebellen flüchteten zunächst zu zweit und zu dritt, brachen auf dem alten zugewucherten Pfad krachend und knackend durchs Dickicht. Der eine oder andere, der allein lief, wurde bereits geschnappt. Ein Aufschrei. Handgemenge … und Stille. (»Haben sie einen?« fragte Gescha Rubachin mit den Augen, und der nickte: »Ja.«) Wieder knackte es lauter im Gebüsch. Sie kamen näher. Sie verstanden sich noch schlecht aufs Schießen (und auch schlecht aufs Töten), und durchs Gebüsch mit der Waffe in der Hand zu rennen, den Patronengürtel um den Hals und noch dazu unter Beschuß – das war natürlich beschwerlich. Verängstigt durch das plötzliche Feuer aus dem Hinterhalt, stürmten die Rebellen Hals über Kopf den Pfad entlang, der immer schmaler zu werden schien und sie in die Berge führte.

»Der nächste gehört mir, ja?« sagte Rubachin, während er sich erhob und raschen Schrittes auf die Lücke zuging.

»Hals- und Beinbruch!« Gescha rauchte hastig zu Ende.

Der »nächste« rannte nicht allein, wie sich herausstellte, es waren zwei, aber Rubachin, der bereits aus dem Dickicht gesprungen war, durfte sie nicht mehr laufenlassen. »Ha-alt! Ha-alt!« Er verfolgte sie mit lautem Drohgebrüll. Rubachin legte keinen optimalen Start hin. Das Muskelpaket konnte nicht sofort volle Geschwindigkeit entfalten, aber wenn er einmal Anlauf genommen hatte, dann spielte weder ein krummer Busch noch Geröll unter seinen Füßen eine Rolle – dann flog er.

Er hatte den Kämpfer schon bis auf sechs Meter eingeholt. Der erste Flüchtende war schneller als er und entkam. Von dem zweiten (der schon ganz nah war) hatte Rubachin nichts zu befürchten, er sah die Maschinenpistole an seinem Hals baumeln, aber die Patronen waren verschossen (oder war der Rebell zu ungeschickt, um im Rennen zu schießen?). Der erste war gefährlicher, hatte keine Kalaschnikow, folglich eine Pistole.

Rubachin spurtete. Hinter sich hörte er rennende Schritte – aha, Gescha deckte ihn! Zwei gegen zwei …

Als er den Rebellen eingeholt hatte, machte er keine Anstalten, ihn zu packen oder zu Boden zu werfen (während du mit dem Gestürzten rangelst, rennt der erste wahrscheinlich davon). Er versetzte ihm mit der linken Hand einen kräftigen Schlag, stieß ihn in die Schlucht, ins brüchige Buschwerk, schrie Gescha zu: »Einer liegt im Graben! Nimm ihn!« und stürzte dem ersten nach, dem mit den langen Haaren.

Rubachin rannte schon mit vollem Tempo, aber auch der andere war ein guter Läufer. Kaum war ihm Rubachin dicht auf den Fersen, da beschleunigte auch er das Tempo. Jetzt liefen sie auf gleicher Höhe, acht Meter trennten sie – oder zehn. Der Flüchtende drehte sich um, riß die Pistole hoch und schoß – Rubachin sah, daß er blutjung war. Er schoß noch einmal. (Und verlor an Tempo. Hätte er nicht geschossen, wäre er entkommen.)

Er schoß über die linke Schulter, die Kugeln verfehlten das Ziel bei weitem, so daß sich Rubachin nicht jedesmal bückte, wenn der Rebell die Hand zum Schuß hob. Der verschoß jedoch nicht alle Patronen, schlau, er war drauf und dran zu entkommen. Rubachin begriff es sofort. Ohne zu zögern, schleuderte er ihm seine Kalaschnikow gegen die Beine. Das genügte natürlich.

Der Flüchtende stieß einen Schmerzensschrei aus, bäumte sich auf und sackte zusammen. Mit einem Sprung war Rubachin bei ihm und drückte ihn mit der linken Hand zu Boden, während er mit der rechten die Hand, die geschossen hatte, am Gelenk packte. Die Pistole war weg. Er hatte sie beim Sturz fallen lassen, ein wackerer Kämpfer! ... Rubachin verdrehte ihm die Arme und verrenkte ihm dabei die Schulter. Sein Opfer gab einen Schmerzenslaut von sich und erschlaffte. Immer noch voller Ingrimm holte Rubachin einen schmalen Riemen aus der Tasche, fesselte die Hände, setzte den schmächtigen Körper vor einen Baum und stieß ihn leicht gegen den Stamm – bleib sitzen! ... Jetzt endlich stand er auf und ging den Pfad entlang, suchte verschnaufend – nun schon mit aufmerksamem Blick – seine Kalaschnikow und die von dem Flüchtenden weggeworfene Pistole im Gras.

Wieder Getrappel – Rubachin sprang vom Pfad zu der knorrigen Eiche, wo der geschnappte Rebell saß. »Maul halten!« befahl Rubachin. Im Nu waren mehrere glücklich entkommende Rebellen an ihnen vorbeigerannt. Fluchend folgten ihnen die Soldaten. Rubachin mischte sich nicht ein. Er hatte seine Sache erledigt.

Er besah sich seinen Gefangenen: Das Gesicht erstaunte ihn. Erstens durch seine Jugend, obwohl solche Jüngelchen von sechzehn, siebzehn Jahren keine Seltenheit unter den Rebellen waren. Ebenmäßige Züge, zarte Haut. Was verblüffte ihn noch am Gesicht des Kaukasiers? Er verstand es einfach nicht.

»Auf geht's«, sagte Rubachin und half ihm (mit auf den Rücken verdrehten Armen) auf die Beine.

Als sie gingen, warnte er ihn:

»Komm ja nicht auf die Idee zu fliehen. Ich schieße

dich nicht über den Haufen. Aber ich schlage dich grün und blau – kapiert?«

Der junge Gefangene hinkte leicht. Rubachins Kalaschnikow hatte ihn am Bein verletzt. Oder tat er nur so? Ein Gefangener versucht gewöhnlich, Mitleid zu erregen. Hinkt. Oder hustet stark.

4

Sie hatten viele entwaffnet, zweiundzwanzig Mann, und das war vielleicht der Grund, warum Rubachin seinen Gefangenen mühelos behalten konnte:»Das ist meiner!« wiederholte Rubachin, die Hand auf seiner Schulter, im allgemeinen Gelärme – in den letzten hektischen Minuten, wenn versucht wird, die Gefangenen antreten zu lassen, um sie zum Stützpunkt zu führen. Die Anspannung wollte sich nicht legen. Die Gefangenen drängten sich zusammen, aus Angst, daß sie aufgeteilt würden. Sie blieben eng beieinander und schrien sich Worte in ihrer Sprache zu. Manchen waren nicht einmal die Hände gefesselt. »Wieso deiner? Alle gehören uns, alle samt und sonders!« Aber Rubachin schüttelte den Kopf: Die anderen gehören uns, aber der gehört mir. Da erschien Schütze Wowka, wie immer genau im richtigen Augenblick. Weit besser als Rubachin verstand er es, die Wahrheit zu sagen und dabei den Kopf zu vernebeln.»Wir brauchen ihn dringend! Laß ihn uns! Dienstanweisung von Gurow … Wir brauchen ihn zum Gefangenenaustausch!« log er dreist. »Aber das mußt du dem Oberfeldwebel melden.« – »Ist schon gemeldet. Ist schon abgemacht!« fuhr Wowka atemlos fort, der Oberstleutnant trinke gerade zu Hause Tee (was stimmte), sie seien beide eben dort gewesen (stimmte auch), und Gurow habe ihnen eigenhändig eine Dienstanweisung geschrieben. Ja, die Anweisung sei schon dort, im GS (Gefechtsstand).

Wowka war merklich abgekämpft. Rubachin blickte verdutzt zu ihm hin. Dabei war er es doch gewesen, der hinter dem Langhaarigen durchs Gebüsch gerannt war – er hatte ihn gefaßt und gefesselt, er hatte geschwitzt, aber Wowka war abgekämpft.

Die Gefangenen (endlich formiert) wurden zu den Fahrzeugen abgeführt. Die Waffen schaffte man gesondert weg, jemand rechnete laut: siebzehn Kalaschnikows, sieben Pistolen, zehn Granaten. Zwei bei der Verfolgung Getötete, zwei Verwundete, wir haben ebenfalls einen Verwundeten, und Korotkow ist tot ... Die mit Stoffplanen bedeckten Lastwagen setzten sich in Bewegung und bildeten eine Kolonne, in Begleitung zweier Schützenpanzerwagen (an der Spitze und am Schluß) fuhren sie röhrend und immer schneller werdend zur Einheit. Die Soldaten in den Fahrzeugen diskutierten aufgeregt, grölten. Alle hatten Hunger.

Nach der Ankunft – sie hatten kaum abgesessen – schlugen sich Rubachin und Schütze Wowka mitsamt ihrem Gefangenen sofort ins Abseits. Keiner behelligte sie. Mit den Gefangenen konnte man im allgemeinen nichts anfangen: Die jungen ließ man laufen, die erfahrenen hielt man in der Arrestanstalt zwei oder drei Monate fest, wie im Gefängnis – na, wenn sie fliehen würden, dann würde man sie erschießen, nicht ohne Spaß an der Sache … es war eben Krieg! Vielleicht waren es genau diese Rebellen, die Bojarkow im Schlaf (oder gerade aus dem Schlaf erwacht) erschossen hatten. Sein Gesicht hatte keine einzige Schramme. Die Ameisen waren darübergekrabbelt. Im ersten Augenblick wollten Rubachin und Wowka die Ameisen wegschnipsen. Als sie Bojarkow umgedreht hatten, klaffte in seinem Rücken ein Loch. Man hatte aus nächster Nähe geschossen; aber die Kugeln hatten sich nicht zerstreut, sondern als geballte Ladung die Brust getroffen, die Rippen durchschlagen und sämtliche Eingeweide herausgerissen – auf der Erde (in der Erde) lagen kreuz und quer Rippen, darauf die Leber, die Nieren, ein paar Darmschlingen, alles in einer großen, geronnenen Blutlache. Ein paar Kugeln steckten in dem noch dampfenden Gedärm. Bojarkow lag auf den Bauch gedreht mit einem Riesenloch im Rücken. Und seine Eingeweide lagen mitsamt den Kugeln in der Erde.

Wowka bog zur Kantine ab.

»Den haben wir zum Tausch gegriffen. Mit Erlaubnis vom Oberstleutnant«, sagte Wowka eilig, um den Fragen der Soldaten aus Orlikows Zug, die schon gegessen hatten, zuvorzukommen.

Die gesättigten Soldaten schrien ihm zu: Richte unsern Gruß aus! Fragten: Wer ist denn in Gefangenschaft? Gegen wen tauschen wir den aus?!

»Zum Tausch«, wiederholte Schütze Wowka.

Wanja Brawtschenko lachte auf:

»Gegen Devisen!«

Unterfeldwebel Chodschajew schrie:

»Gut gemacht, Jungs! Diese Bürschchen haben sie gern! ... Ihr Chef«, er nickte Richtung Berge, »hat diese Bürschchen besonders gern.«

Zur Erklärung lachte Chodschajew auch noch und zeigte seine kräftigen weißen Soldatenzähne.

»Gegen so einen tauschst du zwei, drei, ja fünf Mann ein!« schrie er. »Diese mädchenhaften Bürschchen lieben sie!« Er zwinkerte Rubachin zu, als sie auf gleicher Höhe waren.

Rubachin gab einen überraschten Ton von sich. Ihm wurde plötzlich klar, was ihn an dem gefangenen Rebellen so irritierte: Der junge Mann war sehr schön.

Der Gefangene sprach nicht allzu gut Russisch, aber verstand natürlich alles. Gehässig kreischte er Chodschajew mit kehligen Lauten eine Antwort zu. Röte schoß ihm ins Gesicht und auf die Jochbeine, wodurch noch deutlicher wurde, wie schön er war – das schulterlange dunkle Haar bildete ein Oval. Mundfalte. Feine, gerade Nase. Die braunen Augen fesselten den Blick besonders – sie waren groß, weitstehend und schielten leicht.

Wowka wurde sich rasch mit dem Koch einig. Vor dem Marsch mußte man tüchtig essen. An dem langen Tisch war es laut und stickig; Hitze. Sie setzten sich an den Rand, und sogleich holte Wowka die halb geleerte Portweinflasche aus seinem Rucksack; er steckte sie Rubachin heimlich unter dem Tisch zu, damit der, die Flasche zwischen die Knie geklemmt, wie man das so machte, den Rest unbemerkt austrinken konnte. »Hab dir genau die Hälfte übriggelassen, Rubacha. Du weißt meine Güte hoffentlich zu schätzen.«

Er stellte auch vor den Gefangenen einen Teller.

»Will nich«, antwortete der schroff. Schüttelte die dunklen Locken und wandte sich ab.

Wowka schob den Teller näher zu ihm hin:

»Probier wenigstens das Fleisch. Der Weg ist lang.«

Der Gefangene schwieg. Wowka fürchtete, daß er den Teller mit dem Ellbogen wegschieben könnte und die so mühsam dem Koch abgeluchste Extraportion Grütze und Fleisch auf dem Boden landen würde.

Schnell verteilte er sie auf seinen und Rubachins Teller. Sie aßen. Dann brachen sie auf.

5

Am Bach tranken sie, schöpften das Wasser abwechselnd mit dem kleinen Plastikbecher. Den Gefangenen peinigte sichtlich der Durst; nach ein paar eiligen Schritten ließ er sich schwer auf die Knie fallen, daß die Kiesel knirschten. Er wartete nicht ab, bis ihm die Hände losgebunden oder Wasser im Becher gereicht würde – kniend beugte er das Gesicht zum reißenden Wasser hinunter und trank lange. Dabei hoben sich seine auf dem Rücken gefesselten, blau angelaufenen Hände in die Höhe; er schien auf eine ungewöhnliche Art und Weise zu beten.

Dann saß er im Sand. Das Gesicht naß. Er schmiegte die Wange an seine Schulter und versuchte, ohne Hände die vereinzelt im Gesicht hängenden Wassertropfen abzustreifen. Rubachin trat an ihn heran:

»Wir hätten dir schon zu trinken gegeben. Und die Hände losgebunden ... Warum so eilig?«

Keine Antwort. Rubachin betrachtete ihn und wischte ihm mit der flachen Hand das Wasser vom Kinn. Die Haut war so zart, daß Rubachins Hand erzitterte. Das hatte er nicht erwartet. Stimmt! Wie bei einem Mädchen, dachte er.

Ihre Blicke trafen sich, Rubachin schaute sofort weg, verwirrt durch die unguten Gedanken, die ihm plötzlich durch den Kopf schossen.

Der Wind, der im Buschwerk rauschte, ließ Rubachin für einen Augenblick aufmerken. Waren da Schritte? ... Die Verwirrung wich von ihm. (Aber versteckte sich bloß. Verschwand nicht vollständig.) Rubachin war nur ein einfacher Soldat – er war gegen menschliche Schönheit als solche nicht gefeit. Und wieder beschlich ihn ein neues, unbekanntes Gefühl. Natürlich wußte er noch genau, was Unterfeldwebel Chodschajew vorhin geschrien und wie er ihm zugezwinkert hatte. Jetzt würden sie gleich Tuchfühlung aufnehmen müssen. Der Gefangene konnte den Bach nicht selbständig durchqueren. Grobes Geröll und reißende Strömung, dabei war er barfuß, sein Fuß war am Knöchel so stark geschwollen, daß er schon zu Beginn des

Marsches seine schönen Sportschuhe hatte ausziehen müssen (sie steckten jetzt in Rubachins Rucksack). Wenn er beim Durchqueren des Baches ein- oder zweimal stürzte, könnte man vielleicht gar nichts mehr mit ihm anfangen. Der Bach würde ihn mitschleifen. Rubachin hatte keine Wahl. Es war klar, daß er ihn durchs Wasser tragen mußte, wer denn sonst? War er es nicht gewesen, der ihm den Fuß mit der Kalaschnikow verletzt hatte, als er ihn gefangennahm?

Das Mitgefühl half Rubachin; das Mitleid kam ihm zu Hilfe, wie gerufen, wie vom Himmel gesandt (doch von dort überkam ihn auch wieder die Verwirrung mitsamt dem neuen Sinn für diese gefährliche Schönheit). Rubachin verlor nur für einen Augenblick die Fassung. Er hob den Jüngling hoch und trug ihn auf seinen Armen durch den Bach. Der zappelte, aber Rubachins Arme waren stark und kräftig.

»Na, na. Mach keine Zicken«, sagte er; es waren dieselben ruppigen Worte, die er in dieser Situation auch zu einer Frau gesagt hätte.

Er trug den Jüngling; konnte seinen Atem hören. Der hatte das Gesicht bewußt abgewandt, trotzdem klammerten sich seine Arme (deren Fesseln während der Bachdurchquerung gelöst waren) um Rubachin – er wollte schließlich nicht ins Wasser fallen, auf die Steine. Wie jeder, der einen Menschen auf den Armen trägt, konnte Rubachin nicht sehen, was vor seinen Füßen war; er ging mit vorsichtigen Schritten. Aus dem Augenwinkel sah er nur weiter weg das munter fließende Wasser des Baches und auf dem Hintergrund der springenden Wellen das Profil des jungen Mannes: zart, rein, die überraschend volle Unterlippe schmollend vorgeschoben, wie bei einer blutjungen Frau.

Hier am Bach machten sie auch die erste Rast. Zur Sicherheit hatten sie den Pfad verlassen und waren flußabwärts gegangen. Sie saßen im Gebüsch, Rubachin hielt seine Kalaschnikow entsichert auf den Knien. Hunger hatten sie noch nicht, doch sie tranken mehrmals Wasser, Wowka lag auf der Seite und drehte an dem kleinen Transistorradio, fast lautlos zischte, pfiff, gluckste und maunzte es oder kreischte in einer fremden Sprache auf. Wowka verließ sich wie immer auf Rubachins Erfahrung, der auf einen Kilometer einen Stein unter einem fremden Fuß knirschen hörte.

»Rubacha, ich schlafe. Hörst du. Ich schlafe«, warnte er rechtschaffen und versank in einen kurzen Soldatenschlaf.

Als ihn der scharfäugige Oberfeldwebel aus der Schar der Männer, die zur Entwaffnung auszogen, gescheucht hatte, war Wowka aus Langeweile zu dem Häuschen zurückgekehrt, in dem die junge Frau wohnte. (Das Häuschen befand sich zwar neben dem Haus des Oberstleutnants. Aber Wowka war vorsichtig.) Sie beschimpfte den Soldaten selbstverständlich, machte ihm Vorwürfe, daß er sie vor dem Laden hatte stehenlassen. Aber einen Augenblick später kamen sie sich doch wieder nah, und noch einen Augenblick später lagen sie im Bett. Wowka war jetzt also angenehm ermattet. Den Marsch schaffte er gerade noch, aber in den Pausen übermannte ihn jedesmal der Schlaf.

Im raschen Gehen fiel Rubachin das Reden leichter.

»… wenn man's recht bedenkt, wieso sind wir eigentlich Feinde? Wir sind doch vom selben Schlag. Wir waren doch mal Freunde! Oder etwa nicht?« Rubachin ereiferte sich, versteifte sich geradezu auf die vertrauten (sowjetischen) Worte und verbarg in ihnen das Gefühl, das ihn verwirrte. Die Beine schritten unbeirrt aus.

Schütze Wowka schnaubte:

»Es lebe die unzerstörbare Völkerfreundschaft …«

Rubachin hörte den Spott natürlich heraus. Sagte jedoch beherrscht:

»Wowka. Ich rede nicht mit dir.«

Wowka verstummte, sicher ist sicher. Doch auch der junge Mann schwieg.

»Ich bin genauso ein Mensch wie du. Und du bist genauso einer wie ich. Wozu uns bekriegen?« spann Rubachin den allseits bekannten Faden weiter, doch seine Worte verfehlten ihr Ziel. Die abgedroschenen Phrasen sagte er nur zu sich selbst und zu den Büschen ringsumher. Und zu dem schmalen Pfad, der jenseits des Baches jäh ins Gebirge anstieg. Rubachin hätte gerne irgendeine Entgegnung des jungen Mannes gehört. Er wollte seine Stimme vernehmen. Wenn er doch einfach mal irgend etwas sagen würde! (Rubachin spürte immer stärker seine innere Unruhe.)

Schütze Wowka kraulte (im Gehen) seinen Kampfrucksack, das kleine Transistorradio darin wurde munter und begann zu zwitschern. Wowka kraulte weiter und fand ein Marschlied. Rubachin aber redete in einem fort. Endlich war er müde und verstummte.

Mit gefesselten Händen (und einem kranken Fuß) geht es sich schlecht, besonders wenn der Anstieg steil ist. Der gefangene Rebell stolperte immer wieder; schleppte sich mühsam weiter. An einer steilen Stelle fiel er plötzlich hin. Er rappelte sich wieder hoch, klagte nicht; aber Rubachin bemerkte seine Tränen.

Rubachin sagte etwas vorschnell:

»Wenn du nicht fliehst, binde ich dir die Hände los. Gib mir dein Wort.«

Schütze Wowka hörte es (durch die Musik aus dem Transistorradio hindurch) und rief:

»Rubacha! Spinnst du!«

Wowka ging voran. Er schimpfte: So was Bescheuertes. Das Radio spielte unterdessen laut.

»Wowka. Ausmachen ... Ich muß lauschen.«

»Gleich.«

Die Musik verstummte.

Rubachin band dem Gefangenen die Hände los – wie sollte der mit diesem Fuß wegrennen, weg von Rubachin?

Sie gingen ziemlich rasch. Der Gefangene an der Spitze. Neben ihm der schläfrige Wowka. Ein wenig hinter ihnen der schweigsame, ganz seinem Instinkt folgende Rubachin.

Einem Menschen Gutes zu tun, ihm die Handgelenke zu befreien, wenn auch nur beim Marschieren, ist ein schönes

Gefühl. Mit einem süßen Nachgeschmack rann der Speichel Rubachins Kehlkopf hinunter. Ein seltener Augenblick. Aber Nachgeschmack hin oder her, sein Blick verlor nicht an Schärfe. Der Pfad wurde steiler. Sie gingen an dem kleinen Hügel vorüber, unter dem der Trunkenbold Bojarkow vergraben war. Ein wunderschöner Ort in der Abendsonne.

Bei der nächtlichen Rast gab ihm Rubachin seine Wollsocken. Er selbst zog die Stiefel über die bloßen Füße. Alle wollten schlafen! (Das Lagerfeuer war ganz klein!) Rubachin nahm Wowka das Transistorradio ab (kein Laut in der Nacht). Die Kalaschnikow lag wie immer auf seinen Knien. Er saß Schulter an Schulter mit dem Gefangenen, den Rücken in Jägerhaltung gegen einen Baum gelehnt, in seiner altbewährten Lieblingshaltung (man blieb hellhörig, durfte aber ein wenig einnicken). Nacht. Er schlief quasi. Und parallel zum Schlaf hörte er den Gefangenen neben sich – hörte und spürte ihn so sehr, daß er blitzartig reagiert hätte, wenn es diesem eingefallen wäre, sich auch nur eine Spur verdächtig zu bewegen. Aber der dachte gar nicht an Flucht. Er blies Trübsal. (Rubachin erkundete das fremde Herz.) Nun waren sie beide eingenickt (vertrauensvoll), und Rubachin fühlte, wie der Jüngling erneut von Schwermut übermannt wurde. Tagsüber hatte sich der Gefangene bemüht, seinen Stolz zu wahren, aber jetzt quälte ihn sichtlich Seelenpein. Was bekümmerte ihn eigentlich so? Rubachin hatte ihm doch am Tag deutlich zu verstehen gegeben, daß sie ihn nicht ins Militärgefängnis brachten und auch sonst keine finsteren Absichten hegten, sondern ihn seinen Leuten übergeben wollten – im Tausch gegen die Passiererlaubnis. Ihn seinen Leuten übergeben – das war alles. Wie er jetzt neben Rubachin saß, hatte er gar keinen Grund zur Sorge. Wenn er auch nichts von dem Auto und der gesperrten Straße wußte, so mußte er doch wissen (fühlen), daß ihm nichts drohte. Außerdem spürte er natürlich, daß er ihm, Rubachin, sympathisch war … Rubachin geriet plötzlich erneut in Verwirrung. Er blickte ihn aus dem Augenwinkel an. Der Gefangene blies Trübsal. In der eingetretenen Dunkelheit war sein Gesicht schön wie zuvor und so traurig. »Na, na!« sagte Rubachin freundlich, um ihn aufzumuntern.

Er streckte langsam die Hand aus. Aus Furcht, diese Vierteldrehung des Gesichts und die erstaunliche Schönheit des reglosen Blicks aufzustören, berührte Rubachin nur ganz sacht das zarte Jochbein mit den Fingern, strich ihm gewissermaßen nur die Locke, die lang über seine Wange herabhängende Haarsträhne, aus dem Gesicht. Der junge Mann wandte das Gesicht nicht ab. Er schwieg. Und wie es schien – aber das konnte nur so scheinen –, antwortete er Rubachins Fingern fast unmerklich, nur mit der Wange.

Schütze Wowka brauchte nur die Augen zu schließen, schon durchlebte er aufs neue die wonnigen Minuten, die in dem kleinen Bauernhaus so rasch verflogen waren. Den so kurzen Genuß weiblicher Nähe – jeden einzelnen

Augenblick. Er schlief im Sitzen; schlief im Stehen; schlief im Gehen. Kein Wunder, daß er nachts tief eingeschlafen war (obwohl er Wache hatte) und nicht bemerkte, wie ein wildes Tier vorüberlief, vielleicht ein Eber. Alle schreckten auf. »Willst du, daß wir auch im Schlaf erschossen werden?« Rubachin zog den Soldaten leicht am Ohr. Stand auf. Lauschte. Es war still.

Rubachin legte Reisig ins Feuer, umrundete den Lagerplatz, stand eine Weile am Taleinschnitt; kehrte zurück. Er setzte sich neben den Gefangenen. Der saß nach dem Schrecken verspannt da. Die Schultern verkrampft, den Rücken krumm – das schöne Gesicht vollkommen in der Nacht versunken. »Na, wie geht's dir?« fragte Rubachin leutselig. In solchen Fällen ist die Frage vor allem ein Test: Ist sein Schlummer nicht trügerisch; hat er kein Messer gefunden; beabsichtigt er nicht, in die dunkle Nacht zu verschwinden, während alle schlafen? (Was dumm wäre – Rubachin würde ihn ja sofort einholen.)

»Gut«, antwortete er kurz.

Beide schwiegen eine Weile.

So saß Rubachin also, nachdem er die Frage gestellt hatte, noch weiter neben dem Gefangenen (man kann ja schließlich nicht alle Augenblicke seinen Platz am Lagerfeuer wechseln).

Rubachin klopfte ihm auf die Schulter:

»Keine Bange, ich hab ja gesagt: Sobald wir da sind, übergeben wir dich deinen Leute – hast du verstanden?«

Der nickte: Ja, er hatte verstanden. Rubachin lachte laut auf.

»Du bist wirklich schön.«

Sie schwiegen wieder.

»Wie geht's deinem Fuß?«

»Gut.«

»Dann schlaf mal wieder. Die Zeit ist knapp. Wir müssen noch ein bißchen pennen, bald ist der Morgen da …«

Und wie als Zustimmung, daß man noch ein wenig schlafen müsse, ließ der gefangene Jüngling seinen Kopf langsam nach rechts sinken, auf Rubachins Schulter. Nichts Besonderes: So aneinandergelehnt, verlängern auch die Soldaten ihren kurzen Schlaf. Aber da bahnte sich die Wärme des Körpers und mit ihr der Strom der Sinnlichkeit (ebenfalls in Wellen) einen Weg und floß – Welle um Welle – durch die angelehnte Schulter des jungen Mannes in Rubachins Schulter. Nicht doch. Der Junge schläft. Der Junge schläft einfach, dachte Rubachin und verscheuchte die Anwandlung. Doch da spannte er sich auch schon an und wurde ganz steif, denn seine Schulter erhielt in diesem Augenblick eine starke Ladung Wärme und unerwartete Zärtlichkeit; seine beruhigte Seele wurde erschüttert. Rubachin erstarrte. Und der Junge, der seine Hellhörigkeit spürte oder erriet, erstarrte ebenfalls mit wachen Sinnen. Ein weiterer Augenblick, und ihre Berührung war wieder frei von Sinnlichkeit. Sie saßen einfach nebeneinander.

»Ja, schlafen wir ein bißchen«, sagte Rubachin ins Nichts. Sagte es, ohne seinen Blick von den kleinen roten Flammenzungen abzuwenden.

Der Gefangene schwankte, als er seinen Kopf etwas

bequemer an Rubachins Schulter bettete. Und der empfand fast unmittelbar darauf erneut den Strom der willfährigen und lockenden Wärme. Rubachin nahm jetzt ein leises Erschauern des Jünglings wahr, wie ... was ist das denn? überlegte er aufgewühlt. Und wieder beherrschte er sich mit aller Kraft (aus Furcht, sich durch sein eigenes Erschauern zu verraten). Aber ein Schauer ist nur ein Schauer, das läßt sich verkraften. Am meisten fürchtete Rubachin, daß sich ihm der Kopf des Jünglings leise zuwenden würde (alle seine Bewegungen waren leise und spürbar einschmeichelnd, und zugleich auch völlig bedeutungslos – der Mensch regte sich eben im Schlaf) – und zwar mit dem Gesicht, das ihn fast berührte, so daß er unvermeidlich den jungen Atem und die Nähe seiner Lippen zu spüren bekäme. Der Augenblick wurde übermächtig. Auch Rubachin überkam eine kurze Schwäche. Aus dem Verbund der Organe hielt sein Magen als erster diese ungewohnte sinnliche Überlastung nicht aus – er krampfte sich zusammen, und der Bauch des erfahrenen Soldaten wurde hart wie ein Waschbrett. Rubachin rang nach Luft und bekam einen Hustenanfall, wie erschreckt löste der Jüngling den Kopf von seiner Schulter.

Schütze Wowka wachte auf:

»Bist du wahnsinnig, du ballerst wie eine Kanone! ... Man hört dich auf fünfhundert Meter!«

Der sorglose Wowka schlief sofort wieder ein. Und begann – wie zur Antwort – zu schnarchen. Noch dazu mit diesem geräuschvollen Pfeifen.

Rubachin lachte – das ist mir ein Kriegskamerad. Schläft ununterbrochen. Am Tag und bei der Nacht.

Der Gefangene sagte langsam und mit einem Lächeln: »Ich glaube, er hat eine Frau gehabt. Gestern.«

Rubachin wunderte sich: Ah ja? ... Richtig, er erinnerte sich und stimmte sogleich zu:

»Sieht so aus.«

»Ich glaube, es war gestern mittag.«

»Genau! Ganz genau!«

Beide lachten, wie es Männer in solchen Fällen tun.

Doch dann (und sehr vorsichtig) fragte der gefangene Jüngling:

»Und du – hast du schon lang keine Frau mehr gehabt?«

Rubachin zuckte die Achseln:

»Ja. Zuletzt vor einem Jahr, glaube ich.«

»Sicher ein häßliches Weib ... Ich denke, sie war häßlich. Soldaten kriegen nie schöne Frauen.«

Es entstand eine lange, schwere Pause. Rubachin fühlte, wie sich ihm ein Stein auf den Hinterkopf legte (er drückte und drückte ...).

Am frühen Morgen war das Lagerfeuer erloschen. Wowka zog frierend zu ihnen um und schmiegte Gesicht und Schulter an Rubachins Rücken. Seitlich schmiegte sich der Gefangene an Rubachin; die ganze Nacht hatte er den Soldaten mit dem wonnigen Wärmefleck betört. So erlebten sie zu dritt, einander wärmend, den Morgen.

Sie setzten den Wasserkessel aufs Feuer.

»Wir genehmigen uns einen starken Tee«, sagte Rubachin mit leichtem Schuldgefühl wegen der ungewöhnlichen Empfindungen der Nacht.

Seit dem Morgen war dieses Schuldgefühl in ihm wach, zwar seiner noch nicht gewiß, aber nicht mehr versteckt: Rubachin begann den Jüngling plötzlich zu umsorgen. (Er war beunruhigt. Hätte sich das nie zugetraut.) In seinen Händen machte sich eine Spur Ungeduld bemerkbar, wie eine Krankheit. Er brühte ihm zweimal Tee im Glas auf. Warf Würfelzucker hinein, rührte mit klingelndem Löffel um, reichte es ihm. Er überließ ihm gleichsam auf Dauer seine Socken – behalt sie an, geh damit weiter! … was für eine Fürsorglichkeit kam da zum Vorschein.

Rubachin wurde irgendwie umtriebig, schürte immerzu das Lagerfeuer an, damit ihm wärmer wurde.

Der Gefangene trank den Tee aus. Er kauerte auf der Erde und verfolgte die Bewegungen von Rubachins Händen.

»Warme Socken. Gute Socken«, lobte er und blickte auf seine Füße.

»Meine Mutter hat sie gestrickt.«

»A-ah.«

»Behalt sie an! … Ich hab doch gesagt: Du wirst darin weitergehen. Ich wickle mir irgendwas um die Füße.«

Der junge Mann zog einen Kamm aus der Tasche und widmete sich der Haarpflege: kämmte sich lange. Schüttelte von Zeit zu Zeit stolz den Kopf. Und fuhr aufs neue mit geübten Strichen durch das schulterlange Haar. Seine

Schönheit zu fühlen war für ihn genauso natürlich, wie Luft zu atmen.

In den warmen, dicken Wollsocken ging der Jüngling deutlich sicherer. Er gab sich überhaupt beherzter. Die Schwermut war aus seinen Augen gewichen. Sicherlich wußte er, daß Rubachin durch ihre sich anbahnende Beziehung verwirrt war. Vielleicht gefiel ihm das. Verstohlen warf er ab und zu einen Blick auf Rubachin, auf seine Hände, auf die Kalaschnikow und lächelte flüchtig in sich hinein, trug gleichsam schelmisch den Sieg über diesen hünenhaften, starken und doch so schüchternen Kerl davon.

Am Bach zog er die Socken nicht aus. Er stand da und wartete, bis Rubachin ihn aufhob. Die Hand des Jünglings klammerte sich nicht nur an den Kragen, wie beim vorigen Mal; ohne Scham hielt er sich mit seiner weichen Hand an Rubachins Hals fest, der durchs Wasser watete, und manchmal verschob er die Hand im Gehen unter dessen Feldbluse – so, wie es ihm gerade bequemer war.

Rubachin nahm Schütze Wowka erneut das Transistorradio weg. Und gebot mit einem Zeichen, zu schweigen: Er führte; auf dem breiter gewordenen Trampelpfad traute Rubachin niemandem (bis zum weißen Felsen). Der Felsen mit der wohlbekannten Gabelung der Pfade war schon zu sehen. Eine gefährliche Stelle. Aber eben dadurch geschützt, daß dort zwei schmale Pfade voneinander abzweigten (oder zusammenkamen – je nachdem, wie man es betrachtete!).

Der Felsen hieß (in der einfachen Soldatensprache)

Bug. Der große, weiße, dreieckige Felsvorsprung bewegte sich auf sie zu wie der Bug eines Schiffes – und hing doch ständig über ihnen.

Sie erklommen bereits den Fuß, unmittelbar unter dem Felsen, im krausen Buschwerk. *Das darf nicht wahr sein!* schoß es dem Soldaten durch den Kopf, als er dort oben die herannahende Gefahr vernahm (sowohl von rechts wie von links). Auf beiden Seiten des Felsens stiegen Menschen ab. Fremder, dichter Schritt, unregelmäßig wiederholt. Schweine. Daß zwei fremde Trupps genau im selben Augenblick zusammentrafen und beide Pfade besetzten, *das darf nicht wahr sein!* Der Felsen bot ja eben dadurch Schutz, daß man die Schritte hören und beizeiten ausweichen konnte.

Jetzt kamen sie natürlich weder hier noch dort voran. Sogar der blitzartige Rückzug vom Fuß des Felsens zurück in den Wald durch das offene Gelände war ihnen verwehrt. Sie waren zu dritt, einer gefangen; man würde sie auf der Stelle bemerken; sie unverzüglich abknallen; oder einfach einschließen und ins Dickicht treiben. *Das darf nicht wahr sein* – der Gedanke huschte ihm schon zum dritten Mal kläglich fiepend durch den Kopf, verabschiedete sich. (Und verschwand, verduftete, verließ ihn.) Jetzt kam es ganz auf den Instinkt an. In den Nasenlöchern prickelte es kalt. Er vernahm nicht nur die Schritte. In der fast völligen Windstille hörte Rubachin, wie sich das Gras zögerlich aufrichtete, durch das sie gingen.

»Pss-st.«

Er preßte den Finger auf die Lippen. Wowka verstand. Und machte eine Kopfbewegung zu dem Gefangenen hin: Wie wird der reagieren?

Rubachin blickte dem Jüngling ins Gesicht: Der wußte ebenfalls sofort Bescheid (daß dort seine Leute gingen), Stirn und Wangen färbten sich langsam rot – ein Zeichen für unberechenbares Verhalten.

»Pah! Komme, was kommen will!« sagte sich Rubachin, nachdem er seine Kalaschnikow rasch gefechtsklar gemacht hatte. Er betastete die Reservepatronen. Aber der Gedanke an ein Gefecht verflüchtigte sich (wie jeder Gedanke im Augenblick der Gefahr). Der Instinkt befahl zu lauschen. Und zu warten. In den Nasenlöchern hörte das kalte Prickeln nicht auf. Das Gras regte sich so bedeutungsvoll leise. Die Schritte – näher. *Nein.* Es waren viele. Zu viele ... Rubachin blickte den Gefangenen noch einmal an, versuchte, ihm vom Gesicht abzulesen: Wie wird er reagieren? Was wird er tun? Wird er aus Angst, getötet zu werden, stillhalten und schweigen (das wäre gut) oder ihnen sofort entgegenstürmen, halbverrückt vor Freude, mit einem törichten Schimmer in den riesigen Augen und (vor allem!) mit einem Schrei?

Ohne den Trupp auf dem linken Pfad aus den Augen zu lassen (er war schon ganz nah und würde als erster an ihnen vorbeimarschieren), streckte Rubachin eine Hand nach hinten aus und berührte vorsichtig den Körper des Gefangenen. Der zitterte ganz leicht, wie eine Frau vor einer Umarmung. Rubachin berührte den Hals, tastete sich zum Gesicht vor, streifte es weich und legte seine ganze

Hand auf die schönen Lippen, den Mund (der schweigen sollte); die Lippen bebten.

Langsam zog Rubachin den Jüngling an sich (ließ aber den linken Pfad nicht aus den Augen, den zur Kette aufschließenden Trupp). Wowka behielt den Trupp auf der rechten Seite im Blick: Dort waren auch schon Schritte zu hören, Steine rieselten herab, und einer der Rebellen, der seine Kalaschnikow auf der Schulter trug, brachte damit die seines Hintermannes zum Klirren.

Der Gefangene leistete Rubachin keinen Widerstand. Rubachin legte den Arm um seine Schulter und drehte ihn zu sich her – der Jüngling (er war kleiner) strebte bereits von sich aus zu ihm, schmiegte sich an ihn, seine Lippen trafen die Kopfschlagader unterhalb des unrasierten Kinns. Er zitterte, verstand nicht. »N-n...«, hauchte er schwach, ganz wie eine Frau, die ihr »Nein« nicht ablehnend sagt, sondern aus Schüchternheit, Rubachin beobachtete ihn und wartete (lauerte auf den Schrei). Wie weiteten sich die Augen des Gefangenen im Schrecken, versuchten, Rubachins Blick auszuweichen und – durch Luft und Himmel – seine Leute zu sehen! Er öffnete den Mund, aber er schrie nicht. Er wollte vielleicht nur tief Luft holen. Doch Rubachins andere Hand ließ die Kalaschnikow auf die Erde fallen und preßte den halb geöffneten Mund mit den schönen Lippen zu, und die leicht bebende Nase. »N-n...« Der junge Gefangene wollte das Wort ganz aussprechen, schaffte es aber nicht. Sein Körper bäumte sich auf, die Beine spannten sich an, er fand keinen Halt mehr unter den Füßen. Rubachin hatte ihn hochgerissen.

Hielt ihn umklammert und verhinderte, daß seine Füße die verräterischen Büsche oder Steine berührten, die geräuschvoll hinunterkollern könnten. Mit dem Arm, der ihn umfing, nahm Rubachin seinen Kehlkopf in die Zange. Drückte zu. Schönheit war keine Rettung. Ein paar Zuckungen ... und Schluß.

Unterhalb des Felsens, wo sich die Pfade trafen, erklangen bald darauf freundschaftliche kehlige Zurufe. Die beiden Trupps hatten einander entdeckt. Man hörte Begrüßungen, Fragen – wie geht's? Was ist los?! Wo geht ihr denn hin?! (Die wahrscheinlichste Frage.) Man klopfte einander auf die Schulter. Lachte. Einer der Rebellen nutzte den Halt zum Pinkeln. Er lief zum Felsen herauf, wo er das besser tun konnte. Er wußte nicht, daß er sich bereits im Fadenkreuz befand. Er stand nur wenige Schritte von den Büschen entfernt, hinter denen zwei Lebende und ein Toter lagen (sie hatten liegend Deckung gesucht). Er pinkelte, stieß Luft auf, zog die Hose mit einem kleinen Ruck hoch und eilte hinunter.

Als die Trupps vorbeimarschiert waren, als ihre Schritte und Stimmen, die sich in die Talsenke entfernten, vollends verklungen waren, zerrten die beiden Soldaten mit den Maschinenpistolen den Leichnam aus dem Gebüsch. Sie trugen ihn in den lichten Wald, ein kurzes Stück auf dem linken Pfad, wo sich, wie Rubachin noch wußte, eine freie Fläche öffnete – eine trockene, kahle Stelle mit weichem Sandboden. Sie hoben mit flachen Steinen eine Grube aus dem Sand aus. Schütze Wowka fragte, ob Rubachin seine Socken wiederhaben wolle, Rubachin schüttelte den Kopf. Und kein Wort über den Menschen, an den sie sich im Grunde schon gewöhnt hatten. Sie blieben einen Augenblick schweigend am Grab sitzen. Was hätten sie dort länger verweilen sollen – es war eben Krieg!

6

Alles unverändert: Die beiden Lastwagen (Rubachin sah sie aus der Ferne) standen noch am selben Fleck.

Die Straße zwängte sich weiter vorn zwischen den Felsen hindurch, doch der Engpaß wurde von den Rebellen bewacht. Die Fahrzeuge waren schon beschossen worden, aber nicht gezielt. (Würden sie nur ein kleines Stück weiterfahren, dann würden sie zersiebt werden.) Sie standen schon den vierten Tag dort, warteten. Die Rebellen wollen Waffen – dann lassen sie die Fahrzeuge durch.

»… wir transportieren keine Kalaschnikows! Wir haben keine Waffen!« schrien sie von den Lastwagen hinauf. Ein Schuß antwortete vom Felsen. Oder ein ganzer Hagel von Schüssen, ein langer Feuerstoß. Und dazu Gelächter – ha-ha-ha-ha! –, so fröhlich, frisch und kindlich jauchzend kullerte das Lachen von oben herab.

Die Begleitsoldaten und die Fahrer (zusammen sechs Mann) lagerten vor dem Gebüsch am Straßenrand, gedeckt von den Lastwagen. Ihr Nomadenleben war denkbar einfach: Sie kochten am Lagerfeuer oder schliefen.

Als Rubachin und Schütze Wowka näher kamen, bemerkte Rubachin auf dem Felsen, wo die Rebellen im Hinterhalt lagen, einen Lichtschein, ein fahles Lagerfeuer (bei Tag) – die da oben bereiteten ebenfalls das Mittagessen. Lascher Krieg. Warum sollte man sich nicht ordentlich satt essen und heißen Tee trinken?

Rubachin und Wowka wurden, wie sie so näher kamen, natürlich ebenfalls vom Felsen aus gesehen. Die Rebellen waren scharfäugig. Und obwohl sie sahen, daß die beiden so kamen, wie sie gegangen waren (sie brachten nichts Sichtbares mit), schossen sie auf alle Fälle vom Felsen herab. Einen Feuerstoß. Noch einen Feuerstoß.

Rubachin und Schütze Wowka waren bereits bei ihren Leuten angelangt.

Der Oberfeldwebel wölbte den Bauch vor. Fragte Rubachin:

»Na? … Kriegen wir Beistand?«

»Vergiß es!«

Rubachin versuchte erst gar nicht zu erklären.

»Und einen Gefangenen habt ihr nicht aufgabeln können?«

»Nee.«

Rubachin bat um Wasser, er trank lange aus dem Eimer, das Wasser lief ihm auf die Feldbluse, auf die Brust, dann entfernte er sich aufs Geratewohl ins Gebüsch und legte sich aufs Ohr. Das Gras hatte sich noch nicht wieder aufgerichtet; er lag am selben Fleck wie zwei Tage zuvor, als sie ihn in die Seite geboxt und (mit Wowka zusammen) ausgeschickt hatten, um Hilfe zu holen. Sein Kopf versank bis über die Ohren im zerdrückten Gras, er hörte nicht, was der Oberfeldwebel raunzte. Es war ihm egal. Er war müde.

Wowka setzte sich in den Schatten eines Baumes, stellte die Beine auf und zog den Strohhut über die Augen. Spöttisch fragte er die Fahrer: Und ihr? Habt ihr immer noch keine Ausweichmöglichkeit gefunden? ... Im Ernst nicht?! – »Es gibt keine Ausweichmöglichkeit«, antworteten sie ihm. Die Fahrer lagen im hohen Gras. Einer dieser Hornochsen drehte sich geschickt eine Zigarette aus einem Zeitungsschnipsel.

Verärgert über die fehlgeschlagene Aktion, versuchte Oberfeldwebel Beregowoi erneut, in Verhandlungen zu treten.

»He!« schrie er. »Hört mal her! ... He!« schrie er mit vertrauenswürdiger Stimme (wie ihm schien). »Ich schwöre, in den Autos ist nichts – weder Waffen noch Lebensmittel. Wir fahren leer! ... Schickt einen Mann runter zum Nachprüfen – wir werden ihm alles zeigen, werden nicht auf ihn schießen. He! Hast du gehört?!«

Zur Antwort hörte man Schüsse. Und fröhliches Gejohle.

»Arschloch!« fluchte der Oberfeldwebel.

Sie schossen wild vom Felsen herab. Schossen so lange und sinnlos, daß der Oberfeldwebel noch einmal fluchte und rief:

»Wowka. Komm mal her!«

Beide Fahrer, die im Gras lagen, wurden munter. »Wow! Wow! Komm her! Zeig den Abreken, wie man schießt!«

Schütze Wowka gähnte; löste träge den Rücken vom Baumstamm. (Er saß so schön angelehnt.)

Griff jedoch zur Waffe und zielte bereitwillig. Er legte sich bequemer im Gras hin, stellte den Karabiner auf und erfaßte im Zielfernrohr bald die eine, bald die andere winzige Figur aus dem wimmelnden Haufen auf dem Felsen, der linker Hand über die Straße kragte. Sie waren alle ausgezeichnet zu sehen. Er würde wohl auch ohne Zielfernrohr treffen.

Da grölte einer dieser Bergbewohner, der an der Felsenkante stand, seinen Spott hinunter.

»Wowka. Juckt's dich nicht, den da oben abzuknallen?« fragte ein Fahrer.

»Ich scheiß auf den«, schnaubte Wowka.

Nach kurzem Schweigen fügte er hinzu:

»Mir macht's Spaß, zu zielen und abzudrücken, aber nicht zu schießen. Ich weiß auch ohne Kugel, wann ich getroffen habe.«

Es war auch ohne Worte klar, daß es nicht möglich war: Wenn er einen Rebellen töten würde, gäbe es für die Lastautos erst recht kein Durchkommen mehr auf der Straße.

»Den Schreihals da oben habe ich so gut wie abgeknallt.« Wowka hatte den ungeladenen Karabiner abgedrückt. Er trieb Unfug. Zielte und drückte erneut ab. »Und den da habe ich auch abgeknallt! ... Diesem da könnte ich den halben Arsch wegschießen. Töten nicht, er steht hinterm Baum, aber den halben Arsch – bitte sehr!«

Manchmal, wenn er bei einem der Kaukasier irgend etwas in der Sonne blitzen sah – eine Wodkaflasche oder (es war frühmorgens!) eine schöne chinesische Thermosflasche –, zielte Wowka sorgfältig und zertrümmerte den auffallenden Gegenstand mit einem Schuß. Doch jetzt fesselte nichts seine Aufmerksamkeit.

Rubachin schlief unterdessen einen unruhigen Schlaf. Er wurde immerzu vom selben blöden Traumbild heimgesucht (oder hatte er es selbst herbeigerufen, als er sich ins Gras hatte fallen lassen?): Er sah das schöne Gesicht des jugendlichen Gefangenen.

»Wow, gib mir einen Glimmstengel!« (Komisches Vergnügen, Leute aufs Korn zu nehmen!)

»Gleich!« Wowka konnte gar nicht mehr aufhören zu zielen, vor lauter Jagdfieber – er schwenkte das Fadenkreuz über die Silhouette des Felsens, über die steinerne Kante … das niedrige Buschwerk … einen Baumstamm. Aha! Jetzt hatte er den mageren Rebellen bemerkt: Der stand vor einem Baum und schnippelte mit der Schere in seiner langen Mähne herum. Haarschneiden ist eine intime Angelegenheit. Der Taschenspiegel blitzte auf, gab das Zeichen – Wowka lud sekundenschnell und nahm ihn ins Visier. Drückte ab, und die silbrige, am Ulmenstamm befestigte Silberpfütze zersplitterte in tausend Scherben. Zur Antwort erklangen Verwünschungen, und wie immer folgte eine wilde Schießerei. (Hinter dem über die Straße kragenden Felsen erhob sich gleichsam Kranichsgeschrei: *guljal-kiljal-ljal-kiljal-scharfschütze …*) Die Figürchen auf dem Felsen gerieten in hektische Bewegung – schrien, grölten, johlten. Doch dann verstummten sie (offenbar auf Kommando). Eine Zeitlang hielten sie sich bedeckt (und benahmen sich überhaupt zurückhaltender). Natürlich, die glaubten, sie seien in Deckung. Schütze Wowka sah nicht nur ihre versteckten Köpfe, Adamsäpfel und Bäuche – er sah sogar ihre Hemdenknöpfe und zog das Fadenkreuz übermütig von einem zum anderen ...

»Schluß jetzt, Wowka!!« herrschte ihn der Oberfeldwebel an.

»Schon!« erwiderte der Schütze, griff den Karabiner und trollte sich ins hohe Gras (mit dem schlichten Soldatenwunsch zu schlafen).

Rubachin aber verlor sein Traumbild: Das Gesicht des Jünglings hielt sich nicht mehr lange vor seinen Augen – es zerfiel, sobald es auftauchte. Verwischte, verschwand und hinterließ nur eine undeutliche, belanglose Anmutung von Schönheit. Irgendein Gesicht. Vergessen. Das Bild löste sich auf. Wie zum Abschied (sich verabschiedend und vielleicht verzeihend) nahm der Jüngling aufs neue mehr oder weniger klare Züge an (wie eine Stichflamme!). Das Gesicht. Aber nicht nur das Gesicht – der ganze Jüngling stand vor ihm. Er schien jetzt etwas zu sagen. Er kam noch näher heran und umschlang Rubachins Hals mit den Armen (wie Rubachin es vor jenem Felsen getan hatte), aber seine zarten Arme waren weich, wie die einer jungen Frau – ungestüm, doch zärtlich, und Rubachin (er war auf der Hut) begriff noch, daß er im Traum gleich von einer Schwäche übermannt werden könnte. Er knirschte mit den Zähnen, während er das Trugbild gewaltsam verscheuchte, und erwachte schlagartig mit einem bleiernen Schmerz in den Lenden.

»Ich würd gern eine rauchen!« sagte er, heiser vom Schlaf. Und vernahm Schüsse …

Möglichweise war er von den Schüssen aufgewacht. Der dünne Strahl des Feuerstoßes einer Maschinenpistole – zok-zok-zok-zok-zok – wirbelte kleine Steine und Staubfontänen auf der Straße neben den Lastwagen auf. Die Autos standen nach wie vor. (Rubachin ließ das kalt. Irgendwann würde man ihnen den Weg schon freigeben.)

Schütze Wowka schlief nicht weit von ihm im Gras, den Karabiner im Arm. Wowka war gerade im Besitz von starken Zigaretten (hatte sie zusammen mit dem Portwein im Dorfladen gekauft) – die Zigaretten sah man, sie ragten aus seiner Brusttasche. Rubachin angelte sich eine heraus. Wowka schnaufte leise, ab und zu.

Rubachin rauchte in langsamen Zügen. Er lag auf dem Rücken – schaute in den Himmel, links und rechts drängten sich (das Blickfeld einengend) diese Berge, die ihn überall umringten und nicht losließen. Rubachin hatte seine Zeit abgedient. Jedesmal, wenn es ihm stank und er alles und alle zum Teufel wünschte (um für immer heimzufahren, in die Steppe jenseits des Dons), packte er schnell seinen zerbeulten Koffer und … blieb. »Was gibt's denn hier so Besonderes? Die Berge?« sagte er laut und erbost, nicht auf jemand anderen, sondern auf sich selbst. Was ist denn so spannend an der kalten Kaserne – und an diesen Bergen? dachte er verdrossen.

Er wollte hinzufügen: Schon das wievielte Jahr! Doch statt dessen sagte er: »Schon die wievielte Ewigkeit!« Er hatte sich gleichsam verplappert; die Worte waren aus dem Schatten herausgesprungen, und der Soldat dachte nun diesen stillen Gedanken, der schon lange auf dem Grund seines Bewußtseins geschwelt hatte, verwundert zu Ende. Die grauen, nur von Moos bewachsenen Hochtäler. Die armen, schmuddeligen Häuschen der Bergbewohner, wie Vogelnester an die Hänge gekleistert. Aber dennoch – die Berge?! Hier und dort drängten sich ihre sonnengelben Gipfel zusammen. Die Berge. Die Berge. Das wievielte Jahr schon wühlte ihre stumme, feierliche Erhabenheit sein Herz auf, aber was wollte ihm ihre Schönheit eigentlich sagen? Was war ihr Appell?

Der Buchstabe A

»Welche Wörter fangen mit A an?«
fragte der Funktionär.
Ein glückliches Mädchen ...
antwortete mit ihrem ganzen
flinken, forschen Verstand:
»Avantgarde, Aktiv, Akklamateur,
Anzahlung, Altlinker, Antifaschist!«

A. Platonow: Kotlowan

I

An jenem Augusttag entdeckte der Sek Afonzew beim Mittagessen ein Stück Rindfleisch in seinem Napf. (War mit dem Löffel drauf gestoßen.) Ein kleines Stück, flach. Sichtlich knapp bemessen, dennoch erbebte Afonzews Löffel, konnte es selbst kaum glauben. Der Löffel erstarrte. Um so lauter dröhnte der Lärm ringsum. Das Klappern von fünfzig Aluminiumlöffeln in fünfzig Aluminiumnäpfen. Wie sollten sie nicht klappern! Jeder entdeckte Fleisch. Am gemeinsamen schartigen Brettertisch. Anfang August … Genau an dem Tag, als der Buchstabe auf dem Felsen zu lesen war.

Am selben Abend verließ der schmutzige, alte Sek Kljunja die Baracke. Einfach so. Blieb draußen stehen. Man durfte nur die Stufen vor der Tür hinuntergehen, weiter nicht (ohne Erlaubnis des Wachsoldaten). Der Gefangene betrachtete stumpfsinnig und lange den roten Sonnenuntergang. Er schaute sozusagen aus dem tiefsten Hinterland nach Westen. Aus der sibirischen Taiga in die Richtung des unendlich weit entfernten Uralgebirges. Er schaute und ließ die Nasenflügel spielen. Schnupperte. Gelb im Gesicht (das linke Ohr abgerissen), sprach Kljunja damals drei Worte, die sowohl von den Wachsoldaten wie von den Gefangenen gehört wurden:

»Das ist *sie*.«

Kljunja meinte die Freiheit. Eben die Freiheit, die man eine Ewigkeit entbehren mußte. Er sprach von Freiheit und betrachtete den Buchstaben. Der hatte schon den Querstrich, war fertig. Nur vom rechten Bein fehlte noch etwas. Der Buchstabe A hinkte leicht. Kljunja spielte mit den Nasenflügeln und lächelte. Im Unterschied zu Konjajew war er, wie die Gefangenen fanden, ein *Stillverrückter.*

Sobald sich nämlich alle so richtig in den Gestank der Decken vergraben hatten, begann Konjajew zu brüllen. Dieser Bekloppte ließ einen nicht einschlafen. Familiennamen, immerzu Familiennamen! Mitten in der Nacht! … Er hatte keinen einzigen Toten vergessen. Erinnerte sich an den Uiguren. Appell aus dem Jenseits, dieser verdammte Idiot! Das ging schon die dritte Nacht so. Und zwar mehrmals …

»Awwakumow! … Arier! … Bugajew! …«

Alle fuhren hoch. Verschlafen, mit schweren Gliedern und verquollenen Augen. Mit pochendem Herzen. Hatten sich den Schädel im Schlaf angehauen und waren erbost. Gleich drehn wir dir den Hals um! Im Finstern! Wir brauchen kein Licht!

»Saikin! … Subarew!« brüllte Konjajew weiter.

Der Wachposten kam in die Baracke, schleuderte drohende Blicke und heftige Flüche in den Raum. Konjajew verstummte … Der Wachsoldat mit dem Spitznamen Bolzen hob die Hand. Die allen wohlbekannte Faust:

»Auf die Pritschen, ihr Arschgeigen! Jetzt wird geschlafen, ich laß gleich die Hunde rein. Die beißen euch die Eier ab!«

Die Gefangenen kletterten widerwillig auf die Pritschen. Einer schüttelte fahrig und absichtlich lange die stinkende Decke aus. Der Sek Filja drohte für alle hörbar mit dem Nagel. Mit dem großen rostigen Nagel. Fuchtelte damit herum. Sagte, es sei stockdunkel, er werde jetzt auf dem Rücken schlafen und selbst mit Konja kurzen Prozeß machen – egal, ob der Barackenhäuptling sei oder nicht! Der Wachsoldat ging. Sie schliefen wieder ein. Der Sek Filja-Filimon schlief ebenfalls. Aber nicht auf dem Rükken, sondern zusammengeringelt, den Nagel in der Faust umklammert, um ihn diesem Bekloppten mit Schmackes in die Kehle zu rammen, wenn der mitten in der Nacht wieder zu brüllen begänne: »Awwakumow! ... Arier! ... Bugajew! ... Buraschnikow!« Scheiß drauf, ob Anführer oder nicht. Filja würde ihn seine Liste nicht zu Ende schreien lassen. Bei R-rr-abinowitsch würde er ihn abmurksen! Todsicher!

Seit jenem Tag ... bedrückte das in den Felsen gemeißelte A den alten Konjajew. Bedrängte seine Augen. Sein Hirn. Seine vergreiste Seele. Konjajew, Anführer von Baracke eins, konnte nachts nicht richtig einschlafen. Schlief nicht. Sah ständig diesen riesigen Buchstaben. Schrie immer wieder auf. Diese riesigen gespreizten Beine ... Dieser dreieckige Haifischkopf.

Die Gefangenen fauchten ihn an, trauten ihm nicht. Glaubten, Konjajew brauche den nächtlichen Aufruf der

Toten für sich selbst. Brauche diesen Rummel für seine schwindende Autorität. Kaum war der Buchstabe da (immerhin nur der allererste), machte sich der Häuptling schon wichtig. Wollte die Toten würdigen, der alte Arsch! Anführer sind eitel, ihren Dünkel kennt man. Aber nachts wird geschlafen. Es wäre ja noch schöner, die anderen wegen der eigenen Hirngespinste daran zu hindern.

Dieses Getue, zum Verrücktwerden! ... Die Toten soll man nicht anonym begraben. Nicht in einer gemeinsamen Grube. Und so weiter, immer dieselbe Leier. Die Toten sollten von nun an Schildchen kriegen. Der Tod habe ihm, Konja, den ersten Schritt eingegeben. Der Tod habe ihm diese Leben diktiert. Vielleicht reifte darin ja wirklich schon ein gemeinsamer Gedanke heran. Vielleicht witterten Leute wie Konja, die plötzlich übergeschnappt waren, ja wirklich, woher der Wind wehte, das wäre dann tatsächlich ein Schritt auf das Feld des Rechts. Das erste kleine Schrittchen. Doch die Gefangenen konnten das Gefasel nicht verstehen. Und wollten es auch nicht. (Solche Wörter kannten wir damals gar nicht.) In gewissem Sinne sollte das in den Stein gemeißelte Wort eine Art Grabinschrift für alle werden. Und der Felsen eine Art gemeinsame Grabplatte? Für alle Zeit. Ohne Namen. Ohne Daten ... Das war es wahrscheinlich, was dem alten Konja schwante. Die anonyme Erhabenheit erschreckte ihn. Und nun faselte er von Schildchen und Gräbern ... Gräber! ... Gräber! Anfangs dachten die Gefangenen, das sei alles Quatsch. Nervtötendes Gequassel. Und daß Konja unter diesem Vorwand beim Lagerkommandanten irgendwelche Fressalien für die Seki herausschinden wolle. Essen. Die Schildchen als Bons. Und Grütze bis über den Kesselrand ... Aber wie kann von Fressalien die Rede sein, wenn er die Zeit beschreit, wo man schon unter der Erde ist? Herrje, der alte Idiot forderte keine Grütze und keine Kartoffeln, sondern Grabhügel mit Namen – jedem stünde das zu! Die Seki wußten nicht, was sie davon halten sollten. Dieser Bekloppte schlug offenbar vor, den Friedhof schon heute aufzuteilen. So schnell wie möglich. Damit ihnen das Land nicht durch die Lappen ging.

Seit über einem Jahr setzten die Gefangenen ein geheimes, stolzes Vorhaben in die Tat um: In der Nähe des Lagers wurde ein bestimmtes Wort in Stein gemeißelt. In den Felsen. Damit man es aus der Ferne sehen konnte. Die Buchstaben im Stein waren auch deshalb gut, weil sie in selbstbestimmter Arbeit entstanden und nicht Teil des verhaßten täglichen Plansolls waren. (Wie zum Beispiel auch das heimliche Sammeln von Zwieback nicht dazugehörte. Oder das Laienkonzert am ersten Mai. Wenn insgeheim Gedichte über den Führer geschrieben wurden.) Zum Teil waren sie natürlich auch eine Herausforderung. Die Worte bedeuteten nichts. Nicht einmal die allereinfachsten. Sie waren höchstens ein Geräusch, ein Schnupfen oder Röcheln, eben ein Laut aus dem zahnlosen stinkenden Mund. Deshalb war es vielleicht auch wichtig (und befriedigte den müden Ehrgeiz der Gemüter), das Wort mit Spitzhacke und Meißel herauszuarbeiten. Und deshalb warteten sie auch Tag um Tag auf ihren ersten Buchstaben. Gefangene allesamt. Bei jeder Kerbe im Stein kamen sie ein winziges Stückchen voran. Schoben ihre beschissenen Leben in die Ewigkeit vor. Ihre gestockten, grauen Schicksale.

Eine bis eineinhalb Stunden vor dem Schlag gegen die Schiene warfen drei »Kranke« die Schaufeln weg und baten um Freistellung von den Erdarbeiten. Bettelten dem Wachsoldaten diese eineinhalb Stunden ab und taten so, als kehrten sie ins Lager zurück, gingen in Wirklichkeit aber zum Felsen. Ein langwieriges Unterfangen. Aber die Seki fanden es sogar besser, daß es langsam ging! Tag um Tag. Eine Woche ... Einen Monat ... Den Anführern half das gemächliche Tempo, die träge Masse der Gefangenen bei der Stange zu halten. Das Wort selbst wurde den meisten bislang verheimlicht. (Dadurch verringerte sich die Gefahr, es auszuplaudern.) Gut möglich, daß die Lagerleitung von der heimlichen Arbeit bereits wußte. Sie förderte sie natürlich nicht. Duldete sie aber stillschweigend. Daß die Seki mit einer bestimmten Sache beschäftigt waren, paßte ihr durchaus in den Kram. Man ließ drei oder vier Mann ohne Begleitwache gehen. Aus diesem Lager konnte man nicht fliehen. Das wußten alle.

Vielleicht beobachtete der Lagerkommandant ihr Tun mit ruhigem Interesse. Schaute ihnen durchs Fernglas zu. Spähte nach einem seiner geschorenen Dummköpfe aus, der hoch oben am Felsen an den Seilen hing und wie eine Puppe hin und her baumelte (bei Wind). Nach dem Sek mit der Spitzhacke. Und nach den zwei anderen Idioten, die mit hochroten Köpfen oben auf dem Felsen saßen und den Sek an ihrem gespannten Seil hielten. Sollten sie ruhig machen! Im Grunde hatten sie ja erst einen Buchstaben herausgemeißelt, und selbst den noch nicht mal ganz fertig.

Wanja Sergejew war also getürmt ... zu zweit ... mit Jenka Schitow, dem schwindsüchtigen Schnulli. Bei dem war doch eigentlich nicht an Flucht zu denken gewesen. Er schleppte sich ja nur noch mit Müh und Not zum Damm, zur Arbeit ... Wanja war durchgeknallt. (Wird Jenka jetzt einen verleumden? Wird der Schnulli den Seki die Schuld an der Flucht in die Schuhe schieben?) Wanja wurde erschossen. Außerdem hatte man ihn verprügelt, als er aufgegriffen wurde. Hatte ihn so übel zugerichtet, daß er schon in der Taiga abkratzte.

Vielleicht kam diese Flucht dem Lagerkommandanten nicht ungelegen. War es ihm ganz recht, daß von Zeit zu Zeit jemand in die Taiga abhaute. Länger als ein, zwei Tage hielt sowieso keiner durch. Registriert wurde das nicht. Aber es munterte die Wachsoldaten auf, und die Hunde konnten sich nach Herzenslust austoben und beim Laufen den Wind um die Schnauze wehen lassen.

Sie gingen zur Arbeit, vereint mit Baracke zwei. Flucht? Wirklich? ... Tauschten Gerüchte aus: ihr uns, wir euch. Humpelten vorwärts. Eine Kolonne von Elendsgestalten. Mal flog einer hin, mal scherte einer aus der Reihe aus. Einer wollte unbedingt unterwegs pinkeln. Die Wachsoldaten und die Hunde waren ebenfalls nervös, aber vorläufig noch nicht aufgebracht. Afonzew blieb etwas zurück, schnürte die heillos abgelaufenen Schuhe immer wieder zu. Erzählte auf dem Marsch mit Feuereifer die Neuigkeiten weiter (und erfuhr selbst das eine und andere). Jenka sei gefaßt, huste im »Lazarett« ... Koslik flößte Afonzew allerlei Befürchtungen ein – man müßte sich zu ihm durchmogeln. Und ihm helfen. (Wenigstens über den Feldscher.) Ihn wissen lassen, daß er nicht ganz den Mut verlieren und nicht verzweifeln solle. Und schweigen.

Strunin, der Anführer von Baracke zwei, ließ halblaut verlauten:

»Schlag du dich doch zu dem Schnulli durch, Afonzew!«

»Wieso ich?«

»Du bist doch sein Kumpel.«

Afonzew gab vor Überraschung keine Widerrede, schwieg. Er war kein Kumpel von Jenka ... hatte nur einmal verhindert, daß er geschlagen wurde. Die Wachsoldaten steckten dem erbärmlichen, weibischen Jenka aus Eigennutz gerne mal zusätzliches Essen zu, aber jetzt hustete er schon sehr schlimm. Jetzt konnten sie ihn nicht mehr brauchen – mit Blutwasser auf den Lippen. Und schleimigem Auswurf auf dem Kinn. Die Wachen verjagten ihn mit Fußtritten, aber er drängelte sich immer wieder an ihre Näpfe ran. (Fürchtete, daß ihm die Lagerhäftlinge seine Brotration wegnehmen könnten. Kannst ruhig ein bißchen abmagern, so wie wir alle!) Afonzew und Derewjago hatten damals Mitleid mit ihm: überließen ihm einen Platz auf den Pritschen.

Kieselweißes Geröll, Gestampfe und gedämpfter Lärm in der Kolonne – das lag am Nebel. Sie gingen nebeneinander her. Der Nebel war plötzlich aufgestiegen und verhüllte die Gesichter der Gefangenen, ihre Wangenknochen unter straff gespannter Haut.

Auf dem Damm brach Tuguschin zusammen – der ausgemergelte Sek starb. Niemand eilte ihm zu Hilfe. Er hatte keine Freunde. Den Wachsoldaten war er auch schnurz. Zur Rauchpause war es noch zu früh. Man schleifte ihn auf die Seite. Immerhin eine menschliche Geste. Einer, der so sichtbar krepiert, bringt alle auf. Er lag da, mit offenem Mund. Mit blauen Lippen … Die Arbeit wurde unterbrochen, aber nicht wegen Tuguschin. Die Schaufeln in die Erde gerammt. Den übergeschnappten Häuptling ritt schon wieder der Teufel. Er fing an, eine Rede zu halten! Grabschilder nicht nur für Angehörige der Lagerleitung und nicht nur für die Wachen – schreibt auch unsre Namen auf die Gräber! Und unsre Lebensdaten! Bei jedem! brüllte Konjajew. Der war doch übergeschnappt. Drohte sogar mit einer neuen Flucht! Aber jetzt begannen die Seki zu murren. Bring uns nicht in die Klemme, Konja. Deine Schildchen sind uns scheißegal! Kannst sie alle haben! … Man wird uns Brot und Kartoffeln kürzen. Das halbe Lager wird im kommenden Winter erfrieren! … Sie blickten sich nicht um (schauten nicht nach, wie es ihrem gefallenen Mithäftling erging), Tuguschin lag noch immer da. Zuckte in einem fort, starb einfach nicht. Aber er war ihnen wenigstens kein Dorn im Auge. Lag schön abseits.

Alles wie bei Menschen ... Sein Röcheln war wegen des Lärms nicht zu hören.

Der Sicherheitsbevollmächtigte kam herbei und schlug den Häuptling gegen die Brust (stupste ihn leicht).

»Halt's Maul, Konja! Du immer mit deinen Schildchen ... was willst du eigentlich?«

Konjajew blieb die Sprache weg.

»Na, eben«, meinte der Sicherheitsbevollmächtigte.

Konjajew knabberte an der persönlichen Kränkung. Wie jeder alte Irre ... Mit lila Flecken auf den Wangen. Aber da brüllte er dem Sicherheitsbevollmächtigten ins Gesicht. Er heulte geradezu auf – du Hund, glaub bloß nicht, daß Gras drüberwachsen wird. Die Schildchen werden noch rückwirkend auf die Gräber gestellt. Posthum! Schildchen neben Schildchen! Er, Konjajew, habe sich die Namen nicht umsonst gemerkt, er wisse noch alle.

Da gab Tuguschin sein letztes Röcheln von sich. Laut. Die Seki blickten sich auch jetzt nicht nach ihm um. (Mißmutig ... Er störte, sie wollten zuhören.) Konja aber, ganz von seinen Gräbern erfüllt, bewegte sich gefährlich und unverschämt auf den Sicherheitsbevollmächtigten zu, schrie immer weiter.

Über die Jahrzehnte würde sein Gedächtnis vielleicht manchen der Toten überspringen. Er sei ja kein Kontor. Kein Engel, wenn er irgendeine Seele auslasse! Aber dafür habe er das ganze vorige Jahr ... und das halbe Jahr heuer ... bis zum Sommer fest im Kopf. Im Gedächtnis. Wie in den Schädel eingenagelt! Verlassen Sie sich

drauf! ... Der alte Anführer begann die Namen heraus-
zuschreien:

»Arier, Awwakumow, Bugajew, Buraschnikow, Dejew,
Grelkin, Gussarow, Jemanski, Saikin, Schischkin, Subarew, Wachtin, Wenediktow ...« – die ganze Liste.

Er zählte sie immer weiter auf. Ohne zu stocken.
Trechun-Saisbenny, an Ruhr gestorben, er sprach den Namen ganz leicht aus.

»Rabinowitsch A., Rabinowitsch I., Rasuwajew ...«

Die Seki mit ihrem seit langem eingerosteten Gedächtnis rissen die Münder auf. Erschüttert – wie viele
von ihnen waren schon tot! Jeder erinnerte sich an fünf,
vielleicht sechs. Aus seinem Umfeld. So viele, war das die
Möglichkeit! ... Für uns sind die Toten irgendwo verschwunden. Der Regen hat sie weggewaschen. Ist das die
Möglichkeit, daß der sich alle gemerkt hat! Sollten jetzt
sämtliche Abgekratzten wirklich Schildchen kriegen?!
Die Seki waren verblüfft über das zähe, aufdringliche Gedächtnis. Sie schauten ihn begeistert an – das ist mal ein
Häuptling! Kein Vergleich mit dem Armleuchter Strunin
aus Baracke zwei! ... Wenn er nur nicht auch noch nachts
brüllen würde! Er war eben doch übergeschnappt, der
Arsch ...

Sie unterbrachen ihn nicht. Konja brüllte die ganze Liste zu Ende.

In diesem letzten halben Jahr (bis zum August) starben
Atschunin, Bratkow, Chasnutdinow, Chrenow, Dragunski,
Grischajew, Gruschin, Iwanow M., Iwanow N., Jamzow,
Jelmatschow, Kistjakow, Kramarenko, Mumlajew, Oblo-

mowzew, Primaiski, Raschkow, Schicharew, Sucharew, Trechun-Saisbenny (der Bruder des Vorjährigen), Troparewski, Wassiljew D., Wassiljew S., Zizarkin.

2

Den Pfad hatte die Wachmannschaft richtig erraten, so daß die Hunde schon im ersten Wald der Talsenke die Witterung der Flüchtlinge aufnahmen. Außerdem war der Sicherheitsbevollmächtigte dabei, der das niedergetretene Gras wie eine Zeitung las. Besser als jeder Wächter … Der nasse Jenka kroch aus dem taufeuchten Gras, flennend. Sie waren schon im Begriff, mit nur einem gefaßten Flüchtling ins Lager zurückzukehren. Traten bereits den Rückweg an … Da gab der Sicherheitsbevollmächtigte plötzlich ein Handzeichen, und die Hunde stürzten zu einer alten, fast abgestorbenen Eiche mit einer riesigen Höhlung. Die Soldaten feuerten auf Teufel komm raus, durchsiebten die Rinde. Durchlöcherten die Eiche. Schrien: »He da! Rauskommen! Hände hoch und rauskommen!«

Es konnte niemand mehr rauskommen. Sie zerrten Wanja aus der Baumhöhlung. Seine Brust war zweifach durchschossen. Eine Kugel hatte die Nase aus dem Gesicht gerissen.

Einzelheiten über die Flucht waren schon bis zum Abend in der Lagerzone bekannt. Die Ex-Diebe waren aus irgendeinem Grund auf Wanja Sergejew sauer. Filja spuckte aus, schnitt eine vielsagende Grimasse: Der Tod eines Sek war eine alltägliche Sache, aber der Tod eines flüchtigen Sek kränkte die Verbrecher:

»Wanja war ein kräftiger Kerl. Er wurde zu schnell gefaßt!«

Der verblödete Sek Kolessow, früher Arzt, kratzte seine Narbe am Kopf, als er laut überlegte:

»In Rindfleisch ist viel Eisen. Energieschub für die Flucht. Erythrozyten, Hämoglobin ...«

Es war fünf Jahre her, daß man Kolessow alles aus dem Kopf geprügelt hatte, bis auf einzelne, noch im Studium erlernte Sätze:

Er wurde angebrüllt:

»Klugscheißer! Arbeite lieber mit der Schaufel!«

Kolessow beschleunigte sofort seine Armbewegungen. Schuldbewußt. Er baute ja mit dieser Schaufel den Damm. Jeder von ihnen baute den Damm. (So stand es auf dem Transparent in der Lagerzone. Weiß auf Rot.) Sie wurden tagein, tagaus hierhergeführt, außer an den Badetagen.

Afonzew schippte ebenfalls Erde vom Lastwagen, über die geöffnete Heckklappe.

»He! Schau doch hin, du Arsch!« brüllte der Soldat, der sich neben dem Lastauto die Beine in den Bauch stand.

Er machte ein paar ruckartige Bewegungen, schüttelte seine festen Stiefel ab. Afonzew hatte ihm die Erde auf die Füße geworfen. Schade, nicht gegen seine Lenden.

Kilometer um Kilometer erstreckte sich die aufgeschüttete Erde in der Schneise. Der Damm für die künftige

Straße schob das stumpfe Maul in die graue Taiga vor. Er war ebenso rätselhaft wie die rot-weiße Parole. Der Damm zielte in zu weite Ferne. Unfaßbar für einen hungernden Sek.

»Schau hin …«

Ein anderes Auto, schon leergeschippt, wollte eilends an den anderen vorbei, die noch entladen wurden. Stieß beim Wenden fast gegen den Lastwagen neben sich. Gegen seine rostige Bordwand.

»Schau doch hin, du Blödmann!« brüllte der Soldat den Fahrer an.

»Halt's Maul, Schora!« schrie der Fahrer fröhlich.

Der Fahrer, im Grunde genauso Soldat wie der Aufseher, besaß ein heiteres Gemüt. Saß mit offenem Maul am Steuer. Vielleicht hatte ihm das Rindfleisch (viel Eisen) tatsächlich Hämoglobin geliefert. Und damit Energie … Afonzew sah heute nicht weniger als fünf lachende Soldaten.

Nach dem Abladen wurden sogleich die Schubkarren in Betrieb genommen. Derewjago mit dem Magengeschwür bemühte sich, möglichst wenig Erde in die Schubkarre zu bekommen. Um sich nicht schon am Anfang zu verausgaben. Bei der ersten Schubkarre wurde man immer kontrolliert und angeschrien. Deshalb sollte Afonzew die erste schieben, die am strengsten kontrolliert wurde. Afonzew tat es. Afonzew widersprach nicht. Schon gar nicht jetzt, da sich Derewjago den Bauch hielt.

»Du hättest nicht rauchen sollen«, sagte er zu Derewjago.

Afonzew selbst rauchte genüßlich. Und schob heute die Schubkarre fröhlicher, wie ihm schien (lag es am Rindfleisch?). Er ließ sie sogar spielerisch kippeln. Und hatte einen wahren Berg aufgeladen!

Die dicht aneinandergefugten Bretter führten von den Lastwagen zur rechten Rampe des Damms.

»Dalli, dalli!« spornte ein Soldat an. Er stand am Rand des Damms Wache.

Der Hund bellte auf – ebenfalls eine Reaktion, auf die beschleunigte Bewegung des Sek, sogar mit der Schubkarre. Auch die Hunde hatten heute ein gutes Fressen bekommen: warme Suppe mit zerhackten Knochen. Die Schubkarre geriet plötzlich in eine bedrohliche Schieflage, Afonzew spannte Schultern und Arme an ... da half ihm der Wachsoldat. Er rannte herbei und stemmte sich gegen die Schubkarre ... Afonzew spürte zum erstenmal seit Jahren die Schulter eines Wachsoldaten neben sich. Was waren das für Wunder? (Wie viele Schubkarren waren in diesen Jahren umgekippt, Arme und Beine gebrochen.) Ein Zufall? Der Soldat lachte irgendwie blöd.

Durfte man das jetzt in Zusammenhang bringen oder nicht: Konjas Geschrei ... das Fleischstückchen ... Wanja, die Höhlung in der Eiche, die abgeschossene Nase. Das Denken hatte verlernt, Zusammenhänge herzustellen, hatte verlernt, eine Sache zu ergründen. Bis zu diesen Vorfällen war jahrelang nichts geschehen. Es hatte eine ereignislose Ruhe geherrscht, nichts und niemand schien sich im Lager bewegt zu haben – nicht einmal die Zeit ...

Bei jener Mahlzeit hatte der Stillverrückte Kljunja ge-
murmelt, der neben Afonzew saß:

»*Sie*. Wahrhaftig: *sie* … hähähä.«

Das Stückchen Rindfleisch tauchte im Teller kaum auf.
Kljunja berührte es sacht mit dem Löffel. Der alte ein-
ohrige Kljunja hatte sich fest vorgenommen, das Wort
»Freiheit« nicht mehr auszusprechen. Um sie nicht zu ver-
prellen. Früher hatte er die Freiheit bei jedem Scheißdreck beschworen … Aus Furcht verschwieg er nun das
Wort, zerkaute es. Afonzew gefiel diese ungesagte Bedeutung. Diese vorsichtige Ungenauigkeit. Am folgenden
Tag sättigte die Wassersuppe nicht, die zum Damm hin-
ausgebracht worden war. Unter dem Löffel tanzte nichts
auf und ab. Die Suppe im Kessel war außerdem schon
kalt, als sie gebracht wurde.

»Afonzew!« Da hatten sie ihn schon am Wickel, kom-
mandierten ihn ab, Wanja Sergejew zu begraben. Kann
man einen Sek denn nicht einmal in Ruhe zu Ende denken lassen? … Der Sicherheitsbevollmächtigte rief – los,
los, Afonzew, du hilfst mit! Dort braucht man auch nicht
tief zu graben!

Den getöteten Flüchtling ins Lager zu tragen wäre zu weit
gewesen (und zu schwer). Wozu auch? … Für die Statistik
war es nicht wichtig, welcher Sek getötet worden war,
sondern ob jetzt der Richtige verscharrt wurde. Deshalb
wurde in der Nähe des Lagers nur wenig begraben. Was
eben hergebracht worden war. Gewöhnlich der Kopf und
der rechte Arm, damit man die Fingerabdrücke verglei-

chen konnte. Dafür war für alles reichlich Platz. Die Bestattungsfläche war sibirisch weiträumig, und das Buschwerk (unter den riesigen Föhren) war entweder gerodet worden oder von allein zurückgegangen.

»Hierher! Hierher!« Der Wachsoldat machte sich bereit. Neben dem flach ausgehobenen Grab.

In Gegenwart des Sicherheitsbevollmächtigten hob er den Sack auf. Schüttelte ihn zuerst aufs Gras aus, um nachzusehen. Wanjas Kopf (ohne Nase, nur mit kleinen Löchern) rollte sofort heraus. Der Arm blieb einen Augenblick stecken, hatte sich im Sack abgewinkelt. Doch auch er wurde herausgeschüttelt.

Afonzew, der die Grube ausgehoben hatte, rauchte. Sein scharfes, wachsames Auge hatte am Ärmel der Unterziehjacke sofort eine Verdickung bemerkt. An Wanjas Arm. Dort war etwas verborgen. Aha! Afonzew tat einen Schritt, als ob er die Schaufel aufheben wollte. Beugte sich tief hinunter und zog flink den Beutel unter dem aufgerollten Ärmel heraus.

Ein Sek überlegt nicht lang. Und schaltet schnell … Afonzew hörte sich schon mit bittendem Nachdruck in der Stimme sprechen: Der Beutel da gehöre nicht Wanja, sondern Jenka! Man solle ihn Jenka übergeben. Persönlich, im Lazarett!

Hastig und ohne seine Beute aus den Augen zu lassen (die seine Hand umklammerte), erklärte Afonzew dem Sicherheitsbevollmächtigten ausführlich (der war jetzt ganz Ohr), das sei doch Machorka. Jenkas Machorka … Wanja habe selten gepafft. Der hat nicht geraucht!

»Ich werde ihn Jenka geben«, sagte der Wachsoldat.

Aber Afonzew brauste auf:

»Den Teufel wirst du tun! Ich gebe ihn ihm. Was uns gehört, gehört uns. Oder etwa nicht?« Er ließ nicht locker, heischte mit bittender Miene beim Sicherheitsbevollmächtigten um Unterstützung.

Der nickte – gestattet. Du bringst ihm den Beutel. Aber ohne Gequatsche.

Der Herrenmensch erkennt den Augenblick der Stärke. Versteht es, ihn spüren zu lassen. Deshalb ist er ja ein Herrenmensch – weil er manchmal etwas gestattet, erlaubt.

Sie kehrten auf direktem Weg durch die namenlosen Grabhügel der Gefangenen zurück. Hier sollte Konja mal schreien … Es waren schon keine Grabhügel mehr. Nur noch Andeutungen von Gräbern, die unter dem Gras verschwanden.

Das Lager! – Schon stieß der Wachsoldat Afonzew in die Niere. Mit dem Kolben. Er hatte ein gutes Gedächtnis! Sie gingen nämlich am Wirtschaftsblock vorbei, an der heiligen Stätte. Dem am strengsten bewachten Flecken Erde in den verwahrlosten Waldlagern … Eine Ecke trat hervor. Die Stirnseite der Baracke mit dem vergitterten kleinen Zimmer.

Chlorgestank. Afonzew hörte, wie der gequälte Jenka zu husten begann. Gleich zu Beginn ihres Treffens hustete er. Die Augen des Schwindsüchtigen versuchten, etwas zu sagen, tränten aber nur. Drückten nichts aus … Höchstens den ewigen Schmerz des Schnullis. Er schaute starr. Streckte im Liegen die magere Hand nach dem Beutel aus.

Afonzew fragte mit einem Seitenblick auf den Soldaten (ich kann dem Kumpel leider gar nichts sagen):

»Kriegst du Suppe?«

Stille ... Afonzew durchbohrte ihn mit strengem Blick. Und fragte wieder:

»Heiße Suppe? Kriegst du was zu essen? ... Du bist doch krank. Hast du Rindfleisch gehabt?«

Jenka schüttelte den Kopf:

»Rindfleisch? ... Nein.«

»Wir haben welches gehabt. Alle.«

Der Soldat holte zum Schlag aus – Maul halten! Du fängst gleich eine! ... Doch Afonzew schwieg schon, den Kopf mit den Händen geschützt. Er hatte getan, was er wollte. Hatte es gesagt.

Zur selben Zeit wurden die Seki aus den Baracken geführt.

Man glaubte, daß die Hunde in Erfahrung bringen konnten, wer mit den Flüchtigen eine schweigende Abmachung getroffen und ihnen wahrscheinlich geholfen hatte. Wer neben ihnen hergegangen war, mit ihnen Tuchfühlung gehabt oder Seite an Seite mit ihnen Brot gekaut hatte. Man ließ sie an Wanjas Ärmel schnuppern. Gab ihnen den Körpergestank im Unterhemd des siechen Jenka zu riechen. Alle mußten antreten. Die Wachsoldaten entsicherten die Gewehre, machten sie schußbereit. Die angetretenen Gefangenen verstummten; der Ordnung halber wurde gefragt, ob jemand gestehen wolle, ob sich jemand selbst bezichtigen wolle. Nach einer Minute des Schweigens wurden zwei Hunde losgelassen.

Jeder schnappte sich einen Mann. Schleifte den Sek zu den Wachsoldaten und biß vor den Augen aller angetretenen Gefangenen auf ihn ein. Beide Seki kugelten auf dem Boden herum, schützten ihre Gurgel und ihren Bauch vor den Reißzähnen der Hunde. Bei jedem tiefen Biß winselten beide auf. Eine Viertelstunde Abrechnung. Die Wachsoldaten wußten, daß die Hunde die Falschen bissen. Aber irgendwen mußten sie wegen der Flucht ja beißen.

Schaum tropfte von den Hundelefzen.

»Sitz! Sitz! … Pfui!« Die Wachsoldaten stürzten sich, die Hände in Fäustlingen, auf die Hunde, um sie zurückzuziehen. Packten sie am Halsband.

Die beiden zerschundenen Seki wurden weggetragen. Der eine schwieg, gab jedoch vor Blut glucksende Laute von sich (hatte er seine Gurgel nicht geschützt?). Dafür heulte und stöhnte der andere, flehte – Lieber Gott! Lieber Gott!

»Da ist ihm der liebe Gott wieder eingefallen!« sagte einer der Gefangenen mit der üblichen Gehässigkeit.

Eineinhalb Stunden vor Arbeitsende jammerten vier (mindestens drei) Mann und baten um die Erlaubnis zu gehen. Brachten sich selbst zum Erbrechen, waren kurz davor zusammenzuklappen. Mit zusammengebrochenen und kotzenden (aber keineswegs sterbenden) Gefangenen hatte man bloß Scherereien! Man ließ sie gehen, machte ihnen nur Angst vor den Nächten in der Taiga. Keine Schreie, keine Flüche, keine Fausthiebe.

Es war das erste Mal, daß sie so unbehelligt weggehen durften. Mann, was für ein Erfolg! Sie fieberten vor Freude ... Das lag an dem Buchstaben! Seki sind abergläubisch und freuen sich über jede Verkettung von Zufällen, wenn sie ihnen nützt. Sogar diese unsinnige Flucht ... Sogar dieses harte, flach abgeschnittene Stück Fleisch (Geräuchertes, mit Rauchgeschmack!) erschien ihnen bereits als eine Folge ihres Buchstabens. Als Schwachstelle bei den Wachsoldaten und dem Sicherheitsbevollmächtigten. Die Seki hatten eine Glückssträhne! ... Es hatte den Anschein, als versuchten die Ereignisse (und seien sie noch so klein), sich zu einer Kette zu fügen. Als versuchte die Zeit, sich in eine Chronik zu verwandeln.

Afonzew fand die Verbindung mit dem Buchstaben zu weit hergeholt. Aber er widersprach nicht. Vielleicht war der Buchstabe der Anfang ... Vielleicht ist der Anfang so ... Der Mensch sucht (und findet) eine Begründung für das Glück. Sonst verliert er seine Orientierung. Wozu hundert verschiedene Gründe durchgehen, wenn sich jeder einzelne von ihnen (bei genauem Hinsehen) als noch absurder entpuppt? Meinetwegen liegt es an dem Buchstaben! Er hat schon was. Man findet etwas darin. Und kein Zweifel, der Buchstabe trennt die Seki nicht, sondern schließt sie fester zusammen: Wartet nur ab, ihr Schufte!

Der Buchstabe A stand schon über dem Steig. Die vier

»schwachen, unpäßlichen« Gefangenen kletterten den Pfad gebeugt hinauf, doch wenn sie die Augen hoben – sprang ihnen der Buchstabe ins Gesicht. Geradewegs vom Felsen herab ... Die vier sputeten sich. Den Weg zum Gipfel säumten nur mehr vereinzelte malerische Föhren. Der Wald hörte auf. Und der Scheitel des Berges leuchtete wie eine Glatze.

Sie traten in die Sonne hinaus. In den Sonnenuntergang. Der Schwächste von den vieren, der stotternde Gussew, keuchte schwer. Stirn, Gesicht und Hals waren von Schweiß überströmt.

»Z-zu schnell g-gegangen«, rechtfertigte sich Gussew heiser. Und bat um eine Rast.

Er durfte rasten – mußte aber auf die Wachen aufpassen, beide im Auge behalten.

Sie holten die versteckte Spitzhacke unter dem verdorrten Gestrüpp hervor ... Eine verkürzte, leichte Spitzhacke (für das einhändige Arbeiten). Einen schweren Hammer. Mehrere Meißel. Alles zusammengestohlen und unter der Kleidung hergeschafft. Als ersten seilten sie Maruskin ab, der geschickt war und im Handumdrehen einen schönen Knoten um sich gebunden hatte. Ein kurzer Abstieg. Schon hing er. Schon gab er unten das Kommando: »Etwas tiefer! ... Na, noch ein bißchen!« Afonzew und Derewjago, die die Seile hielten, gaben nach. Ließen ihn noch einen Meter weiter hinunter. »Gut so!« erklang die Stimme. Und schon hörte man die Spitzhacke auf den flachen Stein einschlagen. Die ersten, noch abrutschenden Schläge.

Derewjago, der Skeptiker, schnaubte. Der Stein ist schlecht. Der Stein krümelt. Arbeit für einen Specht. Für einen Zubläser. Was soll dabei überhaupt für uns rauskommen? ... Höchstens Klopferei mit der Picke. Höchstens blödes Geschrei – von wegen Grabschilder ... Er fluchte.

»Dummes Zeug.«

Afonzew spannte das Seil:

»Aber man muß etwas tun. Wenn man nichts tut, wird man verrückt.«

»Ich nicht.«

Mit den Ellbogen (die Hände hielten das Seil) versuchte Derewjago, sich an seiner aufgeschürften Nase zu kratzen. Er spuckte aus, verfluchte den Buchstaben. Dachte aber doch auch an ihn. War ein Sek wie jeder andere. Fürchtete Unheil durch den eigenen bösen Blick. Aber wenn man schimpft, behext man nicht durch Blicke.

Nach etwa zwanzig Minuten wurde Afonzew als nächster abgeseilt. Derewjago und Maruskin hielten ihn. Afonzew meißelte das Vorderbein des Buchstabens zu Ende, kerbte das letzte Stück in den Stein. Er würde wunderschön! Afonzew konnte in die Tiefe schauen. Nicht nur ein- oder zweimal hinunterblicken, sondern schauen. Ihm wurde nicht schwindlig. Und es war auch windstill, eine sonnige Stunde, bevor es dunkel wurde. Die Picke lag gut in der Hand. Afonzew stemmte sich leicht mit den Fußsohlen gegen den Felsen und holte aus. Schlug kräftig und mit Inbrunst zu.

Als er von oben gerufen wurde – alles in Ordnung? –,

wußte er, daß er etwa zehn Minuten gearbeitet hatte. Die Sonne hatte seinen Rücken gewärmt. Von Schlag zu Schlag staubten ihm winzige Splitter in die Augen – Afonzew kniff sie zu, lächelte.

Der getötete Sek (Wanja) wurde auch wieder namenlos begraben – nicht wie ein Mensch. Da begann Konjajew zu toben. Geriet außer Rand und Band. Was für eine unerbittliche, fürchterliche Logik! Wenn jeder ein Stück Rindfleisch bekommen hat, dann gebt auch jedem eine Grabinschrift! Er brüllte vor dem Einschlafen in der Baracke. Schlug mit der Faust auf die Pritschen und brüllte. Die Seki wußten nicht, was sie machen sollten. Kamen nicht an ihn ran. Und der Wachsoldat konnte sich nicht entschließen, dem Barackenhäuptling das Maul zu stopfen. Er war krank! … Aß nicht, trank nicht, schlief nicht, pißte nicht – brüllte: Du gibst uns jetzt eine Grabinschrift! Wenn schon kein Kreuz, keine Einfriedung, dann wenigstens ein Zeichen – einen Pfahl! Irgendwas! Im Frühling erneuern? Wieso denn? … Erneuern ist nicht nötig. Er steht so lange, wie er steht. Einen Winter oder zwei – das reicht schon. Konjajew ist bereit. Auf der Stelle! Er weiß sogar noch die Namen der Grabhügel! Der eingeebneten Grabhügel! … Zum Verrücktwerden!

Und begann von vorne zu brüllen:

»Abramow, Arier, Bugajew, Buraschnikow, Dejew, Grelkin, Gussarow, Jemanski, Saikin, Schischkin, Wachtin, Wenediktow…« – die ganze bisherige Liste. Alle Grabhügel. Ohne Auslassungen.

Der Lagerkommandant und der Sicherheitsbevollmächtigte reagierten nicht – sie überlegten wohl, was sie mit ihm machen sollten. Alle bestehende Macht ist von den Menschen verordnet. Dem Mann konnte man nicht einfach eine Kugel in den Kopf jagen. Bedachte die Lagerleitung Konjajews lange Stellung als Barackenführer? Und Strunins (in Baracke zwei)? ... Wahrscheinlich tat sie es. Natürlich tat sie es. Die beiden Barackenführer wurden aus demselben Grund nicht vernichtet, aus dem die Knastis aus dem Kriminellenmilieu die Häuptlinge nicht aus den Baracken rausschmissen. Der Anführer, der Häuptling, ist ja ebenfalls Teil der Struktur. Er übernimmt einen Teil der Pflichten und seinen Part bei der Niederschlagung spontaner Ausschreitungen. Wenn nur dieser Vollidiot nachts nicht immer so rumbrüllen würde!

Der zweite Flüchtling, Jenka Schitow, wurde unterdessen im »Lazarett« noch schärfer bewacht. Von gestandenen Uiguren ... Den Feldscher hatte man rausgejagt. Den Feldscher hatte man nur gebraucht, damit er im richtigen Augenblick den Puls fühlte und den Wachsoldaten ansagte. Wenn die blindwütig zuschlugen ... Damit sie ihn nicht totprügelten.

Als der Sek Filja-Filimon die zerkochte Perlgraupengrütze zum Mittagessen ausgegeben hatte, zeigte er Konjajew den Kesselboden. Der mußte von Amts wegen den Rest austeilen. Diesem oder jenem ... den Geschwächtesten. Oder den Männern, die einer Aufmunterung bedurften (an eben diesem Tag). Doch zum erstenmal nach vielen Jahren nahm der Barackenführer den Kessel selbst. Schaute gierig hinein. Preßte ihn gegen seinen Bauch und verschlang alles mit wenigen Löffeln.

Die Seki schwiegen. Vielleicht brauchte der Häuptling Kraft. Um wieder zu brüllen und die Toten aufzurufen? … Jemand kicherte. Heute war der erste Tag, an dem Konjajew stumm geblieben war. Und nachts nicht schrie.

»Stimmt was nicht, Konja?« wurde er gefragt. Man stand um ihn herum.

Düster saß er da, den leeren Kessel gegen den Bauch gepreßt. Von Zeit zu Zeit ließ Konjajew sein alter, von Geschwüren geplagter Magen im Stich, aber niemals sein Gedächtnis für Spitznamen. Und niemals sein Instinkt für Gefahren.

Später mutmaßten (erfanden) die Seki, daß Konja als echter Häuptling das Ende schon vorausgefühlt und angeblich halblaut gesagt habe, gleichsam als Vermächtnis für sie:

»Haut den Buchstaben ein, ihr Schufte. Haut den Buchstaben ein – und bleibt beisammen!«

In Wirklichkeit schwieg er. War ganz in sich versunken. Hatte sich wahrscheinlich mit seiner Brüllerei bei Tag und Nacht verausgabt. Pappsatt stieß er jetzt nur schwer auf.

Aber daß es mit ihm zu Ende ging, spürte er. Nach dem Mittagessen (in der Rauchpause) winkte Konjajew Afonzew zu sich. Setz dich her zum Qualmen.

Sie saßen Schulter an Schulter auf der Schattenseite des Damms – vor einem Busch. Der Busch schirmte sie ab. Konjajew hatte das Rauchen schon vor langer Zeit, in seiner ersten Haft, aufgegeben, aber er roch gern den Tabaksqualm.

»Weißt du was über dieses Papier?« fragte er Afonzew.

»Nein.«

»Aber du hast es gesehn?«

»Kaum. Nur flüchtig. Als wir Wanja begraben haben. Ich hab die Grube ausgehoben. Der Gevatter steckte es aus einer Rocktasche in die andere.«

Konjajew brummte:

»Und? Hat er es aufgefaltet, damit du es sehen konntest?«

»Ich glaub schon. Vielleicht aus Versehen ... Ich weiß nicht.«

Bei der Ergreifung hatte man bei dem verprügelten Jenka ein zweifach gefaltetes Blatt Papier gefunden. Darauf waren Wälder und Pfade gekritzelt. Mit Bleistift ... Und im Norden (sofern es keine Fälschung war) markierte eine punktierte Doppellinie den Abzweig der Schmalspurbahn. Ja, der war weit. Bis dahin schaffte man es nicht, weder im Gehen noch im Kriechen. Hunderte von Kilometern. Aber noch gestern hatte keiner der Seki etwas von der Schmalspurbahn gewußt. Auch Konjajew nicht.

»Weißt du vielleicht, wer das unseren Leuten, Jenka und Wanja Sergejew, gesteckt hat?«

Afonzew schüttelte heftig den Kopf – nein, nein! Woher sollte ich das wissen?!

»Mhm ... Trotzdem konnte Wanja nicht an allen vorbei ... Warum hat er mir vor der Flucht nichts davon gesagt?«

Konjajew fächelte sich mit der Hand etwas Rauch zu.

Doch jetzt hatte Afonzew den geheimen Gedanken des Anführers begriffen:

»Wanja hatte dich abgeschrieben. Du warst für ihn nicht mehr am Leben. Heute bist du noch da, morgen nicht mehr ... Du hättest dich mit deinen Schildern verplappert, Konja.«

Die Uiguren legten sich offenbar zu sehr ins Zeug. Waren lustig, rauchten wie die Schlote. Verdroschen den Schnulli tagein, tagaus (in dem vergitterten Lazarettverschlag). Verprügelten ihn. Irgendwie leicht! Spielerisch! Die gewaltsamen Liebkosungen dazwischen raubten ihm den Verstand. Er flennte und weinte in einem fort.

Zu Baracke eins wankte nicht Jenka, nicht der Schnulli, das Mondkalb ... da ging ein krankes Tier, das sich kaum auf den Beinen halten konnte. So erniedrigt, daß der erste Sek, der ihm begegnete, vor ihm zurückwich, was für ein Haufen Dreck er auch selbst war. Zurückzuckte. Vor diesem wandelnden, flennenden Stück Scheiße. Aus Jenkas Augen, freundlichen Augen, flossen Eitertränen.

»Hau ab!« Der Sek prallte unwillkürlich zurück.

Und versetzte ihm einen Fußtritt. Stieß ihn von sich weg – und auch weg von der Baracke. Am Eingang streckte Jenka zaghaft seine zitternde, schmächtige Hand aus, um den Sek zu streicheln.

»Sch-scheißkerl! Hau ab!«

Der schluchzende Schnulli trottete erschrocken zurück. Ins vergitterte Lazarett.

Nach dem Mittagessen wiederholte sich dasselbe mit den Wachsoldaten. Zwei Soldaten, die ständig vor den Baracken Wache standen (jeweils vor dem Eingang). Und ein dritter. Der bewachte den Raum zwischen den Baracken, die Wiese mit dem kurzen Gras. Diese drei Soldaten schubsten und stießen Jenka im Kreis herum. Wenn er hinflog, versuchte sich der matt quiekende Schnulli bald am einen, bald am anderen festzuhalten. Das macht ja das Hündische einer gebrochenen Psyche aus. Der getretene Jenka klammerte sich an sie. Ab und zu blickte er sich nach dem verfluchten »Lazarett« um – sollte er nicht doch zu den Uiguren gehen? Ein Hund, der seinen Herrn sucht. Die Soldaten, Sibirier mit stark vorstehenden Wangenknochen, hatten ihren Spaß: »Er mag's anscheinend!« Sie äfften die Stimmen der Uiguren nach: »Nga. Nga. Und wie er's mag. Hat sich total zur Frau gemausert ...«

Sie jagten ihn:

»Nga. Nga. Geh jetzt zu den Seki. Geh zu deinen Leuten. Die wollen auch mal ...«

Die Püffe und Tritte wurden ihm auf der Wiese zwischen den Baracken versetzt, im Kreis herum. Ein Spektakel also. Sollten die Seki auch mal was zu lachen haben ... Die Wachsoldaten johlten. Die Wachsoldaten zwinkerten den ausgemergelten Seki sogar zu: Dieses Aas! ... Wir (Soldaten) und ihr (Seki) verstehen doch beide Spaß. Wir und ihr. Da schimmerte auch etwas Neues auf. Da brach sich auch Neues Bahn.

»Für eine halbe Ration läßt er jeden ran.«

»Das Aas!«

»Der ist doch die letzte Scheiße!« riefen sich die Wachsoldaten zu, während sie Jenka einander zuschubsten und traten.

Konjajew aber kam dicht heran. Stand schweigend da. Und spuckte gemächlich den Grashalm aus, auf dem er kaute.

Der Lagerleiter und seine Sicherheitsbevollmächtigten hatten Konja zu seinen ersten zehn Jahren noch was dazu aufgebrummt. Fünf Jahre. Weitere fünf. Um ihn hier vermodern zu lassen – und zu vergraben. Er war schon alt. Verachtete wohl schon den beschissenen Lagertod. Was grübelte er denn jetzt auf einmal? Wo blieb sein Geschrei über die elend Krepierten? Jetzt wären die Schreie doch angebracht! … Die Seki sahen alles.

Unterdessen trieben die Wachsoldaten ihren bösen Schabernack weiter, hoben die Unterlage hoch, die sie aus dem Hundezwinger gezerrt hatten. Einen schmutzigen Lumpen. Wickelten Jenka darin ein. War das ein Spaß! Den Stinksack in den Stinklappen zu wickeln und in die Baracke zu werfen … Die Seki würden den dreckigen Schnulli in ihrer Wut bestimmt sofort wieder rauswerfen, zurück zu ihnen. Sie waren auch Menschen. Wollten auch lachen. Wir und ihr. Rein und raus …

Jenka zappelte in dem Hundelumpen. (Kratzte sich? Aha. Flöhe!) Plärrte. Die schütteren hellen Haarsträhnen klebten an seiner Stirn. An der fliehenden Idiotenstirn. Die Augen schwammen in Tränen.

Tatsächlich, er wurde aus der Baracke rausgeworfen. Sofort. Man schwenkte ihn hin und her und schleuderte ihn hinaus, und zwar so, daß der Schnulli über die Stufen flog und im Gras Purzelbäume schlug.

Schon schnappten sich ihn die Wachsoldaten wieder. Wickelten ihn johlend in die stinkende Hundedecke.

Konjajew, der unschlüssig auf der Stelle getreten war, tat einen halben Schritt vorwärts. Einen ganzen Schritt. Aber so zaghaft! Die Wachsoldaten bemerkten indes auch den zaghaften Schritt. Wurden sofort leiser, bremsten die Armbewegungen. Warteten? … Der Sergeant, der weiter weg stand, kam langsam näher.

Im Gehen bemerkte er, eine leise Drohung in der Stimme:

»Du bist das, Konja … Du sollst dir gestern den Bauch mit Grütze vollgeschlagen haben, sagt man?«

Sie warteten. Was für ein Aas dieser Schnulli auch war, er gehörte in seine Baracke. War sein Schnulli. Als Barackenführer (und mehr noch als Häuptling) hatte Konjajew die Pflicht, ihn zu verteidigen.

Aber Konjajew rührte sich nicht. Schaute nur. Sein altes Häuptlingsherz, das ihm in diesem Augenblick das Denken abnahm, krampfte sich zusammen. Das kann man nicht verbergen … Konja wurde puterrot im Gesicht. Begann zu pfeifen … Dachte, sie bräuchten einen Vorwand.

Sie brauchten einen Vorwand. Aber nicht unbedingt. Am nächsten Tag wurde Konjajew erschossen. Man führte ihn auf die Friedhofsrodung. Auf die bewußte. Als ob man an Ort und Stelle das Problem der namentlichen Beerdigung der Seki besprechen (und vielleicht lösen) wollte. Schließlich hatte er so vehement darauf bestanden. Und geschrien! ... Dem alten Irren wurde auf der Friedhofsrodung ein eigener Platz zugeteilt. Mit Namen! Du wolltest es doch, also kriegst du es. Du bist hier der erste. Sollten sie nur höhnen und spotten, Konja bekam, was er gewollt hatte. Er hatte es sozusagen mit seinem Geschrei durchgesetzt. Von genau diesem Tag an wurde mit Aufschriften begraben. Auf Föhrenbrettchen ... Er wurde sogar gefragt, ob er den Platz gut fände.

Konja grub tief, da er wußte, daß er nicht mehr aus der Grube klettern durfte. Er hatte es nicht eilig, seine Schaufel hinauszuwerfen. Hatte er noch am Leben gehangen und feige gekniffen, als Jenka hin- und hergeschleudert wurde, so war er nun restlos entkräftet. Konnte sich, in der Grube stehend, alles erlauben. Zu guter Letzt – was er wollte. Wie alle Seki begann Konja zu schreien: »Es lebe ...« Schrie aber den Satz nicht zu Ende. Hörte, wie die Maschinenpistolen entsichert wurden. Tschirik-tschik. Tschirik-tschik. Dann schaute Konja ihnen ins Gesicht ... Aus der Grube ... und schickte sie mit kehligem Röcheln zum Teufel. Ja, ja, sie alle. Und mit ihnen den, auf den er den Hochruf eben nicht beendet hatte, Mann, ganz schön schlau! ... »Ja, ja, mit ihm zusammen hat er uns zum Teufel geschickt!« erzählte der erschütterte Soldat, der den alten Konja in der Grube erschossen hatte.

Der verrückte Konja, sein nächtliches Geschrei, sein greisenhafter Häuptlingsschmerz – alles war mit einem Schlag Vergangenheit ... Aber wieder und wieder davon zu erzählen war lustvoll. Unerhört lustvoll und schrecklich! ... Die Magie des großen Namens zu überwinden, ihn zu zertreten, war ebenfalls eine Neuheit. Und was für eine! Mit zahnlos grinsenden Mündern wiederholten die Seki: Er hat ihn zum Teufel geschickt! Ja, ja, »ihn«! »Ihn« hat er geschickt, und wie! Die berauschende Nachricht, die unerhörte Neuigkeit, hatte sich, nach der Neuigkeit von den Namen auf den Gräbern, wie ein Lauffeuer im Lager verbreitet. *Sie*, die Freiheit, die Fettlebe, hatte einen winzigen Schritt gemacht. Und gleich darauf den zweiten.

Der Soldat hätte auch gern jemanden zum Teufel geschickt. Der kleine Soldat probierte es nachts. Beim Einschlafen ... »Ihn« zum Teufel zu schicken klappte natürlich nicht. Nicht einmal beim Lagerkommandanten klappte es. Der kleine Soldat zernagte den Zipfel des willfährigen Kissens. Stopfte sich den Mund mit stinkenden Federn voll. Und begann von vorne ... Schickte den Sergeanten zum Teufel! ... Den Sicherheitsbevollmächtigten! ... Den Stellvertreter des Lagerkommandanten! ... Aber ... Aber beim Lagerkommandanten brachte er es wieder nicht fertig. Er wälzte sich. Hieb mit der Faust auf das Kissen ein. Der kleine Soldat, der Konjajew erschossen hatte, litt jetzt an Konjas Schlaflosigkeit. Er weinte plötzlich. Und probierte es mitten in der Nacht (in Gedanken) aufs neue. Schickte den Sergeanten ... den Sicherheitsbevollmächtigten ... den Stellvertreter des Lagerkommandanten.

An jenem Tag schlug Afonzew, am Seil hängend, die letzten Scharten ans Ende des rechten Beins – nur noch wenige Hiebe. Der Buchstabe A war fast vollendet!

Er hing. Schrie plötzlich:

»Wieso habt ihr am Seil gedreht?«

»Wir haben nicht dran gedreht. Es frißt sich in den Stein, und der Stein bröckelt.«

Schweigen. Plötzlich fluchte Afonzew:

»Wer war das? Wer hat da gepinkelt, ihr Schweine?«

»Hi-hi-hi«, erklang es von oben. »Kommt ein Vöglein geflogen ...«

Der Ball war groß. Sie hatten ihn aus Lumpen genäht. Mit Spänen und Holzmehl (des Gewichtes wegen) ausgestopft. Anfangs waren es nur die beiden Wachsoldaten ... dann kam der dritte hinzu, der die Wiese zwischen den Baracken bewachte. Die drei Wachsoldaten trafen sich auf dieser Wiese, stellten sich auf und bolzten stundenlang mit dem »Fußball« aus Lumpen. Die Barackenausgänge verwaisten. Nach und nach verließen die Seki die Baracken, ohne um Erlaubnis zu fragen. Jeder, der wollte (und alle wollten). Stiegen die Stufen vor den Türen hinunter und näherten sich den Spielern. Schauten schlapp und stumpfsinnig zu. Wenn der Ball bei einem ungenauen Schuß über den Kreis (das Dreieck) hinausflog, eilten die Seki, die hinter den Wachsoldaten standen, ihm nach. Gaben ihn beflissen zurück. Hatten plötzlich ihre Schlappheit abgeschüttelt.

Es hatte den Anschein, als hätte sich der geschubste

und getretene Jenka im einfältigen Bewußtsein der Wachsoldaten in diesen Ball verwandelt. Das harmlose Spiel
mit dem selbstgenähten Ball folgte auf den Spaß von neu-
lich. So kam das. Eigenantrieb des Seins. Eine verborgene
Schwäche war in ihren Wächteraugen aufgeblitzt (hatte
aufblitzen können), als sie Jenka mit Tritten herumstie-
ßen. Als sie den erbärmlichen Schnulli einander zuschubsten ... Die Schwäche wuchs sich zu Unachtsamkeit aus ...
Der Sek wagte natürlich noch nicht, schnurstracks aus
Baracke eins in Baracke zwei zu gehen. Aber er konnte
jetzt dabeistehen und zuschauen ... die Spieler umrunden
und ... in die Baracke der Nachbarn hineinschlüpfen. Die
Soldaten kickten unterdessen nach Herzenslust den Ball.
Stießen Schreie aus! Begeisterung über das plötzlich wie-
derentdeckte Spiel der Kindheit. Die Maschinenpistolen
baumelten an ihnen herum ... Beim einen vor der Brust,
beim anderen auf dem Rücken.

Die Seki blickten hin und her, folgten dem Lumpenball
mit den Augen. Sie verspürten ebenfalls einen Hauch der
Kindheit. Wenn sich die Seki beeilten, den ins Aus geflo-
genen Ball zurückzugeben, knirschten ihre Knie. Und in
der Lunge pfiff die Luft. Sie waren lange nicht mehr gerannt. Sie waren jahrelang nicht gerannt. Der Sek Chitjanin, ein gewöhnlicher Sek, ließ den Ball nicht aus den
Augen. Er hatte es noch keinmal geschafft, ihn den Soldaten zu geben. (So erklärte man es später.) Der Sek
leckte sich die rissigen Lippen.

3

Es war schwer zu sagen, was Chitjanin so aus der Fassung brachte. Der Ball der Kindheit? Oder daß man aus einer Baracke in die andere konnte, ohne um Erlaubnis zu fragen? ... Wegen dieser winzigen Lockerungen des Lebens hier und dort geriet der Sek plötzlich in Unruhe. Er atmete schneller und nervös. Schluckte zuviel Sauerstoff außerhalb der Baracke. Auf der Wiese ... Konnte nicht abwarten. So einer findet sich immer. Mindestens einer. Ade, gesunder Menschenverstand! So einer will sofort allen Sauerstoff. (Allen in der Luft. Allen auf dieser Wiese.) Der schmalschultrige, schmächtige Chitjanin stellte anscheinend keine Gefahr dar. So ausgedörrt, wie er war.

Und was er im Schilde führte, war unklar. Ein Sek wie jeder andere. Er bat nur, den Stummel zu Ende rauchen zu dürfen. Stand hinten und bettelte einen der drei Fußballer an. Du spielst doch ... laß dich von deinem Glimmstengel nicht ablenken! Laß mich deinen stinkenden Stummel zu Ende rauchen (und der gab ihn her! Automatisch!).

Doch als er mit dem Stummel fertig war, berührte Chitjanin beim selben Wachsoldaten (der hatte gerade den Ball vor die Füße gekriegt) die Kalaschnikow. Und zog sie an sich:

»Gib her, ich halte sie.«

Der machte große Augen:

»Wa-aas?« Er ließ sogar den Ball fahren, auf den er gerade den linken Fuß setzen wollte.

»Laß mich die Wumme halten. Sie stört dich ... beim Spielen.«

Chitjanin zerrte die Maschinenpistole zu sich her.

Die Wachsoldaten fuhren auf, trauten ihren Augen und Ohren nicht.

Der Wachsoldat hielt seine Kalaschnikow fest (und hatte deshalb keine Hand frei), war angreifbar. Na so was! Die Seki rissen die Augen auf. Alle glotzten wie ein Mann – na so was, dachte Chitjanin, der seine Chance erkannt hatte, die perfekte Position! ... Ohne Zorn, aber stark und böse versetzte er dem Soldaten einen Faustschlag unters Auge. Sind wir jetzt gleich? Und ihr? ... (Ich werde nicht mehr sein, aber sein Veilchen wird den Männern noch eine Woche leuchten!)

Der zweite (bullige) Sergeant stürzte herbei, um zu helfen, doch Chitjanin sah alles, kam auch ihm zuvor. Verpaßte dem Sergeanten einen Haken mit der Linken. Damit waren seine letzten Kräfte verbraucht. Er hatte sich völlig verausgabt. Der Haken traf das Jochbein des Sergeanten. Wozu in die Magengrube boxen, ich will ja sein Jochbein treffen ... zum Zeichen! ... Damit es die Seki sehen. Damit sie sich an ihren verrückten Chitjanin erinnern! schoß es ihm durch den Kopf, als er schon umringt war. Und keine Chance mehr hatte. Doch da konnte er dem Sergeanten noch einen heftigen Tritt mit dem löchrigen Schuh zwischen die Beine geben – und auch das mit einem glücklichen Gedanken. Mit einer verborgenen Absicht: sich einen persönlichen Feind zu machen und für alle Ewigkeit zu behalten.

Sie verprügelten ihn, zerschlugen ihm Mund und Nase, aber Chitjanin sprang zur Seite, ließ sich nicht packen. Spuckte dem Sergeanten ins Gesicht. Die drei rückten gegen ihn vor, die Kalaschnikows auf den Rücken geworfen. Der gefährliche, erfahrene Sergeant holte schon zum entscheidenden Schlag aus, der Sek aber lachte wie ein Verrückter und fuhr fort, sie anzuspucken. Mit dicken, roten Schleimpfropfen.

Doch da strauchelte er, fiel aufs Knie. Und sofort – wie auf ein Stichwort – trat der Sergeant zu, wischte sich das Blut ab und trat zu. Mit dem Stiefel … Trat den von der Freiheit berauschten Sek, wie es sich gehörte. Mit dem Stiefeleisen. In das entblößte magere Kreuz.

»Au-u-aah!« Chitjanins Kehle entrangen sich letzte abgerissene Laute. Ein Röcheln aus seiner Lunge. Man hatte ihm das Rückgrat gebrochen.

Aufstehen konnte der Sek nicht mehr. Aber er hob noch den Kopf, setzte sich auf. Er konnte nicht mehr atmen, nicht mehr Luft holen. Der Sek blies schwach das Blut weg, das als roter Film aus seinem Mund quoll und die Lippen verklebte.

Immerhin saß er. Seine Augen wurden trüb, die Welt bekam eine andere Farbe.

Die Wachsoldaten umringten ihn.

»K.o.«, sagte der eine.

»Von mir kriegt er noch was … Noch eins drauf *für unterwegs*«, keuchte der Sergeant wutschnaubend. Wischte sein mit Blut bespucktes Gesicht ab.

»Warte. Der ist k.o.«

Man sollte ihn erschießen. Der Sek hatte am hellichten Tag fliehen wollen. Flucht … Sonst müßte man (in dieser sich ändernden Zeit) am Ende noch Rede und Antwort stehen. Dem Sicherheitsbevollmächtigten. Wegen des gebrochenen Häftlingsrückens. Gleich beim ersten Versuch!

Chitjanin strengte sich immer noch an – wollte immer noch den blutigen Film von der Unterlippe blasen.

Die zwei Soldaten ruckelten an den Maschinenpistolen, ließen die Waffen von der Schulter zur Hand gleiten. Rücken kaputt, Mensch tot. Doch der Sergeant wollte den Sek noch lebend haben, wozu einen Toten schlagen? Er blickte sich zu den Lagerinsassen um, die sich zusammengerottet hatten … Schritt aus und trat dem sitzenden Chitjanin mit dem Stiefel ins Gesicht – nun hatte der Sek auch kein Gesicht mehr.

Dann sagte er zum Soldaten:

»Jetzt mach ihn kalt!«

Chitjanin konnte den blutigen Gesichtsfladen noch heben. Seine Augen sahen wenig. Aber die Mündung erkannte der Sek natürlich und schaute wie irr direkt in die winzige, kreisrunde Öffnung. In den bodenlosen Kreis. Na, los, du Schwein. Mach schon!

Ein Feuerstoß aus nächster Nähe. Schon rannte der Sergeant auf die gaffenden Seki los, schüttelte drohend seine Kalaschnikow und trieb sie in die Baracken … Der Sicherheitsbevollmächtigte erschien. An seiner Seite ein zweiter.

Auch der Lagerkommandant tauchte auf die Schüsse hin auf. Er steckte sich eine Zigarette an. Sie besprachen sich kurz. Ein erschossener Sek ... selbst schuld, klarer Fall.

Der Sicherheitsbevollmächtigte drehte Chitjanins Kopf vorsichtig mit der Stiefelspitze hin und her. Betrachtete ihn:

»Gut gemacht. Ein guter Tod.«

Der Lagerkommandant fragte nach:

»Was?«

»Ein guter Tod ... Der hat sich einen fremden Tod genommen. Einen Häuptlingstod.«

Der Lagerkommandant versetzte kurz:

»Seinen eigenen.«

Und ging.

Die Wachmannschaft rannte herbei – von den verschiedenen Ecken und Enden des Lagers. Zum Teil auch aus der Kaserne, halb verschlafen. Der Sergeant mit der Kalaschnikow (und dem Veilchen auf dem Jochbein) trieb die Seki immer noch in die Baracken, er schrie fürchterlich, klackerte ab und zu mit dem Schloß.

Der Sicherheitsbevollmächtigte entspannte die Lage, winkte mit der Hand – den Toten wegschaffen. Zwei Wachsoldaten packten Chitjanins Leichnam an den Beinen und schleiften ihn weg. Flink, flink, im Laufschritt! Sie rannten hierhin, dann dorthin. Plötzlich kamen sie zurück ... Holzköpfe! Total behämmert! ... Endlich schleiften sie ihn zum Feldscher, wie es sich gehörte, damit der den Vorfall (und Tod) auf Papier bescheinigte.

So schleiften sie ihn mit dem Kopf über die Erde. Chitjanins Kopf baumelte, blieb am Gras hängen, als schaute sich der Sek immer wieder um. Der Wachsoldat, der sein rechtes Bein hielt, rief seinem Partner zu – schau her, mit diesem Schuh hat er unsern Sergeanten getreten. In die Eier ...

»Mhm!« erwiderte der andere im Laufen.

Die Wachsoldaten, die noch eine Weile gebolzt und dann plötzlich das Spiel beendet hatten, erörterten bereitwillig mit den Gefangenen den schlimmen Zwischenfall. Der sich so überraschend ereignet hatte.

»Er hat mich geschlagen. Er zuerst. Ohne jeden Grund. Dabei bin ich doch nicht der Sergeant!«

Das erklärte der Wachsoldat, der mit dem Zigarettenstummel, der von Chitjanin das Veilchen unter dem Auge verpaßt bekommen hatte. Wir sind wie ihr, beharrte er. Wir sind Soldaten ... Er rang sichtlich um Fassung ... Dem Sergeanten könne man natürlich grundlos eine scheuern – aber er war doch nur ein einfacher Soldat! Er war ein Dienstpflichtiger! Ein ganz einfacher, der auch ständig gedemütigt wurde! Wofür denn eins aufs Auge, wenn wir so sind wie ihr?

Die Seki pflichteten bei (ebenfalls bereitwillig):

»Ja, der ist übergeschnappt.«

»Chitjanin ist durchgeknallt, klarer Fall ...«

Die Seki gaben nicht der Wachmannschaft die Schuld an dem, was geschehen war, sie beschuldigten Chitjanin. Es sollte doch alles mit rechten Dingen zugehen. Sie standen im Kreis und beredeten arglos den Vorfall. Aber wo standen sie, und wo redeten sie? ... Sie standen auf derselben Spielfläche, im Raum zwischen den Baracken, den ein Sek früher nicht einmal im Traum hatte betreten dürfen. Nichts ist vergeblich. Sie standen nicht nur dort – die Seki bolzten jetzt auch selbst. Jetzt war das möglich … Hier, wo Chitjanin das Leben auf Biegen und Brechen getestet hatte. Wo sein Blick in die Mündung gestarrt hatte, ohne zu zwinkern. Im Gras … Den toten Kopf des Sek hatte das lebendige Schlittern des Balls ersetzt.

Da flog der Lumpenball weit ins Abseits. Ein Sek rannte, alle überholend, los, um ihn ein- oder zweimal zu kicken. Die übrigen schauten zu und pfiffen Beifall.

Der Lagerkommandant hatte sich auf Dienstreise begeben. Aus dringendem Anlaß … Es hieß, nach Irkutsk – im Zusammenhang mit Problemen der Winterversorgung des Lagers. (Doch er kehrte nicht mehr zurück, hatte sich eine andere Arbeit gesucht.) Wie sich herausstellte, hatte der Lagerkommandant seine Tage gezählt.

Er war schlicht abgehauen. Auf seinem Schreibtisch wurde der Entwurf eines Briefes an seine Frau gefunden (die vor ihm weggefahren war). Darin standen Ausdrücke wie: »*Ihr Irrsinn, kurz davor, auszubrechen.*« Und weiter: »*Ich habe keine Angst vor dem Tod, ich habe Angst vor diesem Irrsinn.*« Wessen Spur staubte da in den feinsinnigen Gedanken des Lagerkommandanten – die des flüchtigen Wanja? Oder die Konjajews? Oder etwa Chitjanins Spur? … Der Lagerkommandant hatte den Eindruck, daß jemand über ihm tatsächlich jeden Lagertod registrierte. Und nicht in der Vergangenheit verschwinden ließ … Jemand, der wußte, daß nichts vergeblich ist. Jemand, der sehr ruhig war. *»Wenn Du, meine Liebe, den Blick des erschossenen Sek gesehen hättest, als er mit dem Kopf übers Gras geschleift wurde ...«*

Und noch ein eiliges Postskriptum: *»Ihr Ingrimm ist wie eine kranke Ratte ... wird infizieren ... schlummert ... Pesthauch aus einer dunklen Ecke ...«*

Am Tag seiner Abreise ließ der Lagerkommandant den finsteren und stets mürrischen Ljam-Ljam kommen. Mit nur einem Soldaten! ... Ljam-Ljam galt unter den Seki als rechte Hand Konjajews. So war Ljam-Ljam allein schon durch diese Vorladung ermutigt. Vielleicht schon ernannt. Das hieß, daß er nun (nach Konjajew) die Führung in der Baracke übernahm.

Der Lagerkommandant bot ihm eine Papirossa an (sagte: »Sind fast alle.«). Und befragte (unerhört!) den verdutzten Sek über Leben und Treiben in Baracke eins. Ob beim Abendbrot alles gerecht zugehe – ohne Häuptling? Ob Kranke früher vom Damm weggehen dürften? ... Er fragte auch nach Chitjanin. Ob man etwas bemerkt habe, wie der durchgeknallt sei?

Der Lagerkommandant steckte sich die zweite Papirossa an, bot Ljam-Ljam jedoch keine mehr an (sind bald alle!). Sie schwiegen. Ljam-Ljam schluckte das Wasser im Mund hinunter.

Plötzlich sagte der Lagerkommandant, daß, alles in allem betrachtet, die Seki und die Wachsoldaten quasi derselben Welt angehörten. Er fügte auch noch hinzu: Ja, ja, derselben Welt, weil (so ist die Natur der Dinge) – begreift das, ihr Seki! ... –, weil auch die Wachmannschaft und der Lagerkommandant hinter Stacheldraht leben. Eingesperrt sind. Das ist der Schlüssel zur Wahrheit des Lagers ... Die Wachsoldaten sind auch Menschen. Von Stacheldraht umgeben. Zusammen mit den Seki ... Diese Gleichmacherei konnte Ljam-Ljam in seiner Verwirrung (er starrte die Papirossischachtel unverwandt an) nicht fassen, nicht kapieren.

In Baracke eins wurde er natürlich ausgefragt, weshalb er gerufen worden sei, aber Ljam-Ljam wußte es selbst nicht und zuckte nur die Achseln. Die Seki verstanden Ljam-Ljam nicht. Wahnsinn! Unser Lager ist ein Ort geworden, wo der scheidende Lagerkommandant einen Sek kommen läßt und ihm die letzte Papirossa anbietet! Am selben Tag noch stürzte Ljam-Ljam vor Aufregung vom überladenen Lastwagen und renkte sich den Arm aus. Ein schöner Anführer! Mit dem Arm in der Schlinge schritt Ljam-Ljam den unfertigen Damm rauf und runter. Ab und zu machte er eine dumme Bemerkung. Ihn quälte der erwachte Ehrgeiz. Er litt abartig. Und der Arm in der Schlinge verlieh ihm eine lächerliche Bedeutung. Wie die Aktentasche dem Beamten.

Ljam-Ljam holte tief Luft, stieg noch einmal auf den Damm hinauf, bis zum höchsten Punkt, und gab ein Zeichen. Die Seki hörten sofort auf, Erde zu schaufeln. Das Wiegen und Wogen der Schaufeln über die ganze Länge der vorderen Kante kam zum Stillstand. Der Staub wurde vom Lufthauch fortgeweht.

Ljam-Ljam oben im Himmelsblau räusperte sich und verzapfte irgendeinen Unsinn.

»Halt's Maul!« blaffte ihn der endlich erschienene Sicherheitsbevollmächtigte an.

Und die Schaufeln der Gefangenen begannen aufs neue zu knirschen.

Der Sicherheitsbevollmächtigte kam näher. Trat lautlos heran. So daß der rauchende Afonzew betroffen aufsprang.

»Du weißt doch, was das da auf dem Felsen ist?«

Afonzew nickte: Wer sollte es sonst wissen, wenn nicht sie. Das ist ein Buchstabe. Man kann ihn mit bloßem Auge von hier aus sehen. Wenn man genau hinschaut ...

»Was für ein Buchstabe?«

»Ein A«, antwortete Afonzew.

»Klarer Fall. Der Buchstabe A – das versteht jeder. Aber wie geht's weiter? Was wird das für ein Wort?«

Afonzew gab wieder gehorsam Antwort: Das weiß ich nicht. Er wußte es wirklich nicht. Und wandte das Gesicht ab. Er fürchtete, daß ihm der Sicherheitsbevollmächtigte gleich eine scheuern würde.

Doch der lachte nur – mir ... mir könntest du es schon sagen! Was wäre das sonst für ein Vertrauen? »Wenn du, Afonzew, mit mir Versteck spielst, dann spiel ich mit dir böser Onkel. Verstanden?«

Im Gehen knurrte er:

»Buchstaben meißeln – muß man doch wissen, wozu.«

Der Sicherheitsbevollmächtigte versuchte, es nebenbei, auf die Schnelle, von Filja herauszubekommen – von dem nervösen Sek mit nur einem Auge und schiefem Unterkiefer. Fixes Kerlchen! Wollte einen Sek ausquetschen, der besser mit dem Messer umgehen konnte als mit dem Wort. Doch auch Filja-Filimon antwortete ausweichend – auch wenn ich es wüßte, würde ich es nicht sagen! Überraschung! Vielleicht ist es ein Buchstabe im Namen unseres Führers ... Was dagegen?

Ergeben (ausdruckslos) schaute Filja den Sicherheitsbevollmächtigten mit seinem einzigen Auge an. Bereit, gegebenenfalls sofort in tränenreiche Hysterie auszubrechen – ja, du alter Wichser! Wir sind alle für den Führer!

Der Bergbuckel erhob sich rechts vom Damm. Am Felsen (an der Bergspitze) baumelte, vom Wind geschaukelt, auch jetzt ein Sek, der am Seil heruntergelassen worden war. Etwa zehn oder elf Meter. Das Seil war nicht lang. Sie meißelten das unterste Stück des Buchstabens heraus, die Fußsohle. In den eineinhalb Arbeitsstunden eine Vertiefung, eine Scharte im Stein. Von der Größe einer Badeschüssel ... Vom Pfad aus war diese Schüssel als kleiner Fleck zu sehen. Und vom Lager aus als Pockennarbe.

Aber wenn man den bangen Blick schärfte, was erkannte man da nicht alles! Die Lagerleitung mochte in dem ausgehauenen Buchstaben ein weit größeres Vorhaben erkennen, als die Seki planten. Die Leitung sah ja besser. Möglicherweise (auch das war interessant) war das Vorhaben ja wirklich weit größer. Die Seki hatten es einfach noch nicht zu Ende gedacht.

Sie kehrten vom Felsen zurück, drei oder vier. Mit Krümeln vom Steinstaub im Haar. Und immerzu blinzelnden roten Augen ...

»Sieh an, die Pilzesammler!« sagte der Sicherheitsbevollmächtigte.

Schon aus der Ferne sah man es – der Buchstabe war nun ausgewogen.

Man konnte den Sicherheitsbevollmächtigten sogar um das Fernglas bitten. Man durfte es nehmen und vor die frohen Augen halten. Und sehen ... Der Sek kam ihm dabei zu nahe. Er wußte, daß er stank. Der Sicherheitsbevollmächtigte wich zurück. Trat nur auf der Stelle und lauerte: Würde der Sek das Fernglas zurückgeben oder nicht?

Der Lagerkommandant war weg, sein Stellvertreter aber schaute sich alles ungerührt an. Er war allerdings an jenem Tag sehr müde. (War von der Elchjagd zurückgekehrt.) Seine beiden Lieblingshunde ruhten sich aus. Er selbst ruhte sich ebenfalls aus.

»Hetz! Hetz sie!« (die Seki) drohte er nach Waidmannsart, als ihm über den Felsen Meldung gemacht wurde. Lachte jedoch dabei.

Der Vize-Lagerkommandant konnte noch drohend zum Schlag ausholen, aber ... nicht mehr schlagen. Die Befreiung von außen war bereits im Gang. Allerdings wußten die Seki nichts davon. Die Seki wußten nichts (und konnten nichts wissen) von dem Wirrwarr der letzten Befehle aus dem fernen Moskau. Der Vize-Lagerkommandant hörte Radio, allein, leise gestellt (nachts). Den Gefangenen wurde es verheimlicht. Der Vize-Lagerkommandant wunderte sich nur still, wie sich über Tausende von Kilometern hinweg das eine mit dem anderen verband. Dort und hier deckten sich die Dinge. Von ganz allein. Das war es ja! Die Befreiung kam von innen. Unaufhaltsam … Das Fernglas in den Händen des Sek und der Lumpenball vor seinen Füßen verketteten sich zu einer Reihe … ja, ja, zu einer Reihe von Veränderungen, die von niemandem gesteuert wurden. Der hiesige Lauf der Veränderungen … er zwang auf mystische Weise die schon zum Schlag in die Fresse erhobene Hand des Sicherheitsbevollmächtigten zwar nicht zu zittern, aber doch zu erstarren.

Der Vize-Lagerkommandant war nun der Ranghöchste im Lager. Major … Er ließ Ljam-Ljam kommen und teilte ihm mit, daß der Schiso, Krankenisolator oder »Lazarett« genannt, abgeschafft werde: Man werde dort keine Gefangenen mehr in Gewahrsam halten und bestrafen. Keinen einzigen Sek. Nicht einmal eine halbe Stunde … Es sei denn, die Seki wollten einen Tobenden einen Tag oder zwei bändigen. Der Major fügte noch das eine und andere hinzu: Paßt selbst auf! Ja, ja, ihr selbst! …

Ljam-Ljam wußte nicht, was er ihm antworten sollte. Er redete was vom Schicksal. Vom Missetäter Schicksal. In letzter Zeit war Ljam-Ljam vollends verblödet.

Balajan, der einzige Sek, der in jenen Tagen strafisoliert war, wurde auf Geheiß des Majors sofort entlassen. Er schoß wie eine Kugel aus dem Lagergefängnis hinaus. Kaum daß die Tür geöffnet worden war … Noch im Laufen (bevor er die Baracke erreicht hatte) stürzte sich der verwilderte Sek auf den Wachsoldaten: Los, gib schon her! Der Sek bat im Laufen, ja, forderte geradezu Machorka (vom Wachsoldaten!). Balajan, der den Soldaten anbrüllte, angiftete (Wahnsinn!), wurde nicht zu Boden gestoßen, bekam nicht den Kolben übergezogen, er wurde überhaupt nicht angerührt. Er wurde nur von der eigenmächtig herbeigelaufenen starken Alma umgerannt. Von dem trägen Wachhund. Der nicht schnell war. Und nicht böse. (Andere Hunde wurden jetzt nicht losgelassen.)

»Zufrieden?« fragte der Major Ljam-Ljam. Fragte ihn, wie man den Häuptling fragt.

»Hä?«

»Zufrieden? Vielleicht … vielleicht willst du selbst noch was vorschlagen?«

Ljam-Ljam rieb sich mißtrauisch den schmerzenden Arm, bat aber trotzdem: Die verdammte Tür des Isolators sollte geöffnet werden. Ja, aufgemacht … Und immer offenbleiben. Sollte es dort ordentlich durchlüften. Sollte sie (die Tür) im Wind auf- und zuklappen – sollten es alle sehen …

Der Major öffnete die Tür des Isolators. Ließ sie offen. Ein leiser Durchzug wehte. Die Tür klappte sanft auf und zu. Ohne Knarren.

Zurück in Baracke eins, schrie Ljam-Ljam seinen Leuten zu, daß es keinen Isolator mehr gebe. Ljam-Ljam war nervös. Er fürchtete, daß einer der Seki, einer wie er, ihn verdächtigen könne – ob der Häuptling etwa ein Verräter sei, jemanden verpfiffen habe. Wieso ging jetzt alles so leicht?

Ljam-Ljam hob nur ratlos die Arme (einen in der Schlinge) und lachte nervös zu seiner Rechtfertigung:

»Ich bin kein Held. Bin kein Held, Landsleute …«

Ljam-Ljam berichtete, daß ihn der Major nach dem zweiten Buchstaben befragt habe: Welchen werdet ihr nun einschlagen? Welcher ist der nächste? – Es interessiert ihn einfach! – Aber er, Ljam-Ljam, hatte es vergessen. Ja, vergessen. Er hatte den Buchstaben vergessen und auch das Wort. Schade. Der Major sei ein guter Mann, dem könnte man es sagen …

Die finsteren Gesichter der Seki glätteten sich: Kein Isolator mehr – freut euch, Männer! Man muß sich freuen! … Ljam-Ljam aber schwor, daß er sich auf das Wort besinnen und mit ihnen zusammen losziehen würde, um den nächsten Buchstaben in den Felsen zu hauen. Selbst mit verstauchtem Arm, schon morgen …

»Wenn es mir nicht einfällt, Tus wird es einfallen. Bestimmt.«

»Tus?!« Die Seki lachten laut.

Die nächste Veränderung (noch wußte man nicht, welche!) wurde bereits erwartet. In allernächster Zeit … Schon spürte man Stöße. Schon regte es sich heftig ganz in der Nähe, neben ihren Baracken. Ihren Pritschen … Aber was? Was (nach dem abgeschafften Isolator) könnte man ihnen noch sagen oder noch für sie tun? … Sie warteten … Da behauptete auch der alte Kljunja mit dem

abgerissenen Ohr wieder, er wittere sie! Kein Zweifel! ...
Wenn sich der Sek auf der Pritsche zum Schlafen legte,
murmelte er vor sich hin: Sie ist's, ja, sie, Freiheit! Fettlebe! Fauler Lenz! – Sie strampelte sich da durch den
täglichen Müll, sie arbeitete sich aus der Luft, aus dem
Wald, aus der schwarzen Erde zu ihnen durch – zu den
Gefangenen.

»Rauskommen!«

Sie wurden nicht zur Arbeit am Damm geführt. Sie
wurden aus den Baracken geführt, als hätte man beschlossen, ihnen endlich mitzuteilen ... Etwas zu sagen. Aber
man sagte nichts – ließ sie nur auf dem Appellplatz stehen.

Nein, keine Kontrolle. Man befahl ihnen nicht einmal,
sich aufzustellen. Niemand wußte, was das sollte. Die Seki
kratzten sich nervös. Rauchten. In Kauerstellung wie auf
dem Transport.

»Was sollen wir hier?« Der einäugige Filja mischte sich
unter die Leute, um zu fragen.

Sie schlenderten über den Appellplatz, von einem Ende
bis zum anderen. Ljam-Ljam behandelte seinen schmerzenden Arm. Massierte ihn. Die offensichtliche Unge-
reimtheit seiner Bewegungen machte ihn gereizt. (Ab
und zu bekam er auch einen Puff.) Der junge Pankow
fragte Ljam-Ljam immer wieder zum Trotz – warum?
Warum hat man uns nicht antreten lassen? ... Die Seki
schlenderten immer weiter herum. Es war ihnen gleich.
Sie zogen Kreise, ohne zu wissen, was sie tun sollten und
was nicht. Blickten zu den Wachtürmen hinauf ... Von

den Wachtürmen aus, von den Pfosten mit dem gespannten Stacheldraht dazwischen, wirkten die Seki zum erstenmal nicht wie schlappe Roboter. Sie wirkten eher wie Insekten. Wirkten lebendig. Wie ein lebendiger Schwarm, gebunden durch den instinktiven biologischen Befehl, beisammen zu bleiben und nicht auseinanderzulaufen.

Wahrscheinlich gab es eine Geste des Chefs. Und auch einen Befehl. Man hatte die Seki versammelt. Aber während sie sich sammelten, war die nicht von weiter oben gelenkte Geste kraftlos geworden. Hatte ihre Eigenschaft (die Eigenschaft des Befehls) verloren. Irgend etwas war anders als sonst. Oder es wurde etwas erwartet …

Der Stotterer Gussew war ein Sek ohne Phantasie. Aber nicht faul. Und bei der Arbeit einer der ausdauerndsten. (Ehrlich wie seine Spitzhacke.) Und wenn schon Gussew seine Hand bremste, dann war der Buchstabe wirklich fertig.

Gussew, der an diesem Tag in den Seilen hing, erschlaffte plötzlich. Betrachtete einfach die Gegend. Es war frisch. Windig …

»F-fertig«, sagte er, als er heraufgezogen worden war.

Afonzew klopfte Gussew auf die Schulter – gut gemacht, Landsmann!

»H-hing da und h-hab mich g-ge-langweilt. Das A ist f-fertig«, wiederholte Gussew.

4

Ljam-Ljam quälte sich. Ob er Erde vom Lastwagen schippte oder irgendwohin ging ... immer murmelte er vor sich hin. Attacke ... Astral ... Amen ... Er probierte die Wörter durch. Suchte ein besonders ausgefallenes.

Er blieb unvermittelt stehen, kaute an den Nägeln. Spuckte aus. Stöhnte auch hin und wieder leise ... Dann drängte sich ihm erneut der erschreckende Gedanke auf: Was, wenn sich das A in der Mitte des Wortes verbirgt? Er murmelte einen neuen Schwall von Wörtern, der über ihn hereinschwappte: MAssel ... TAlent ... MannA ... Die Seki lachten. Unterbrachen die Arbeit und spotteten. Ts, unser neuer Anführer! Daß Gott erbarm! Sie machten sich lustig. Ljam-Ljams Dummheit blieb keinem mehr verborgen. Besonders in den Rauchpausen, wenn sich Ljam-Ljam abseits setzte und Wörter aus Steinen legte. Memorierte ...

»Spielst wohl?« fragte ihn Derewjago.

Der Stotterer Gussew stand daneben, mit demselben Vorwurf:

»N-na, ein S-spiel gef-funden?«

Einst hatte der vorsichtige Häuptling Konjajew genauso – mit Steinen – Ljam-Ljam das Wort gezeigt. (In einer Rauchpause, auch hier, auf dem Damm.) Konja war schlau! Sprach es nicht laut aus ... Aber einer aus der Wachmannschaft hatte Ljam-Ljam damals beobachtet, als er sich über die Steine beugte. Ein Wachsoldat! Kam von hinten angestapft, wirbelte mit den Stiefeln Staub auf! Schon schob sich der kurze Schatten über die Erde auf Ljam-Ljam zu. Da war die Mündung der Kalaschnikow ... Ljam-Ljam wechselte sofort die Buchstaben aus, einen, zwei. Es entstand ein anderes Wort. Und danach noch eins. Anstelle der vorigen. »Damals hab ich was Schlaues gemacht. Aber vor Schreck zu schnell«, rechtfertigte sich Ljam-Ljam verwirrt.

So war das also! ... Jetzt kehrten diese Ersatzwörter zu Ljam-Ljam zurück. Ljam-Ljam besaß sie. Bekam sie aus den Steinen! Kreischte hin und wieder auf! Glaubte, daß er sich so dem verlorenen Wort nähern könne. Durch Rückkehr. Auf dem Weg seiner versteinerten Angst ... Aber es gibt Augenblicke, zu denen man nicht mehr zurückkehrt. Diese überdrehte Psychologie belustigte die Seki. So ein Kinderkram! ... Natürlich fanden sie das komisch. Oder zum Kotzen.

Der junge, freche Pankow nahm den vergeßlichen Ljam-Ljam lautstark in Schutz:

»Maul halten! Was gibt's da zu lachen?! Er hat es eben vergessen! Ihr habt ein Jahr oder mehr für den ersten Buchstaben gebraucht! Anderthalb Jahre! Da vergißt man ja, wie Mutter und Vater heißen!«

Pankow, dem Anschein nach kindisch und keck, war böse. Während er die geharnischten Worte mit schneidender Stimme stanzte, spuckte er mehrmals rachsüchtig einen dünnen Faden seitlich aus. Als ob er vorbeugend jemandem drohte.

Plötzlich brüllte er los: »Schert euch doch alle zum Teufel! Ich scheiß auf euch und euren Buchstaben! Wer braucht ihn denn? Wenn ihn sogar Ljam-Ljam vergessen hat, dieser Arsch mit Ohren!«

Strunin mußte den zweiten Buchstaben und das ganze Wort natürlich wissen. Der Führer von Baracke zwei ... Doch in den letzten Tagen kam man nicht an Strunin ran. Alle rissen sich um ihn. Biederten sich ihm an ... Der Vize-Lagerkommandant, Major und jetzt Ranghöchster, bot Strunin an, Stellvertreter der Seki zu werden. Da sich die Führungsspitze stark gelichtet habe: »Der Lagerkommandant ist weg, krepiert. Du und ich, wir werden gleiche Rechte haben!« versprach der Major. Sogleich erschien in Baracke zwei ein Tisch. Strunin saß am Tisch – und beim geringsten Anlaß, schu-schu-schu, umringten ihn die frischgebackenen Schleimer ... Es war klar, daß Strunin im Unterschied zu Ljam-Ljam nicht dumm war. Bei ihm konnte es klappen!

Auf Strunins Hose (an den Knien) waren Flicken in Form schmutzigrötlicher, verschossener Rhomben aufgesetzt. Auf jedem Knie, wie bei einem hohen Tier. Mit der neuen Macht leuchteten diese roten Flicken auf. Wenn Strunin zu seinem Tisch ging, tanzten sie auf den ausgebeulten Hosenbeinen, beide gleich. Er sah aus wie ein Kommandeur ... Dabei war Strunin in sich gekehrt. Er stand unter großer Anspannung. Die Seki (mit ihren Stimmungsschwankungen) liebten einen heute und prangerten einen morgen an. Strunin hatte Angst vor dem Amt ... und wollte es doch.

Afonzew, Derewjago, der Stotterer Gussew, Maruskin ...
Die Durchschnitts-Seki waren die anspruchsvollsten. Sie
waren von den sich häufenden nächtlichen Morden alar-
miert. Vom nächtlichen Abrechnen. Zu gezielt, wie ihnen
schien, und zu niederträchtig brachte nun ein Sek den anderen um. Zu leicht! ... Gestohlen wurde wohl kaum
mehr als früher. Aber es wurde auffälliger gestohlen.
Kränkender! Und wie schnell kamen alle herbei, wenn eine
Untersuchung der Angelegenheit beschlossen war. Wenn
die Diebe zur allgemeinen Unterredung gerufen wurden.
Es war sehenswert, wie sie, die abgebrühten Verbrecher
– trau keinem über den Weg –, durch die Barackentür
hereintröpfelten. Hier und dort in kleinen Grüppchen.
Scheel blickend, setzten sie sich malerisch auf die Pritschen. Grinsten! Aufgepumpt mit Gehässigkeit, immer
abwehrbereit. (Gehässigkeit der Nichtgefaßten. Gehässigkeit der Entwischten.) Und so ging man wieder auseinander, streitend, alle mit allen im Hader. Es hatte weder
eine Untersuchung noch eine Unterredung gegeben. In
derart ungeklärten Fällen sucht man den Sündenbock
außerhalb. Irgendwer war schuld ... Oder irgendwas ...
Da fiel ihnen Strunin ein, der höher hinaufgewollt hatte,
und der nächste Buchstabe. Wo war der Buchstabe? Wo
war er? ... Alles, was jetzt an Schlechtem und Schänd-
lichem entdeckt wurde, wollten die Seki auf die vergeu-
dete Arbeit am Felsen zurückführen, auf den vergessenen
Buchstaben – auf das vergessene Wort. Es wurde viel geschrien. Man brüllte und fiel sich gegenseitig ins Wort ...
Das Wort ist kein Scheißdreck! Das Wort hat (hatte) einen

hohen Sinn! ... Ja, diesen Sinn können sie noch nicht vollständig erfassen. Er ist kompliziert. Aber es ist doch normal, wenn ein Mensch (Sek) etwas will, das größer ist als er selbst ... Endlich krochen alle auf ihren Pritschenplatz. Schliefen schimpfend ein.

Afonzew, Gussew, Derewjago und Maruskin redeten nachts immer länger miteinander. Von wegen schlafen! ... Diese Diebe ... Das ist doch kein Leben! ... Wir werden einander umbringen ...

Im Grunde suchten sie nach Schuldigen. Und klagten: »Wenn nur die Diebe nicht wären! Wie soll man nur mit Schurken auskommen!«

Doch Afonzew fühlte bang, daß er nicht besser war als die anderen. Er war einfach noch nicht so weit heruntergekommen, daß er zum Schurken geworden war (das war seine ganze Standhaftigkeit). Wie kann man leben, ohne eines Morgens zum Mörder zu werden? Aus irgendeinem Grund schreckte ihn der Morgen – schreckte es ihn, als Mörder aufzuwachen. Das Gefühl eines durchschnittlichen Sek ... Am nächsten Badetag ... Sie drohten mit einer allgemeinen Abrechnung. Man konnte schon vorher hören, wie sie Ljam-Ljam anbrüllen würden. Und was käme dabei raus? ... Wanjas Kopf, der übers Gras rollt. Ins flache Grab ...

Anspannung ... die Augen versuchten, nicht zu zwinkern, nicht zu blinzeln. Dafür zwinkerte Afonzew nachts, vor dem Einschlafen, in die Dunkelheit starrend, eine ganze Stunde lang. Verscheuchte den Gedanken an den unbekannten zweiten Buchstaben, der ihm sein Inneres zerfraß.

Der einäugige Filja mit der lauten Stimme setzte sich öfter zu Afonzew und Derewjago. Hörte zu, wie die Seki stritten, knirschte aber nur mit den Zähnen. Und fragte, sein einziges Auge zum Himmel (zu den Mächten, den Führern) erhoben, plötzlich abgehackt, kurz:

»Na, ihr Schweine. Na, ihr Schufte. Wo ist der Buchstabe?«

Natürlich glaubten sie nicht, daß ihnen ein Buchstabe für Buchstabe in den Fels gehauenes Wort aus der Not helfen oder sie retten könne. (Dieses Stochern mit der Picke? Dieses stumpfsinnige, hartnäckige Meißeln in den Stein?) Aber selbst der Dieb Filja wußte, daß auf den Buchstaben ein Buchstabe folgen mußte. Er wußte nicht, welcher. Aber er wußte, daß es ihn gab.

Filja hätte am liebsten laut gebrüllt. Die Luft mit einem Schrei gepeitscht. Daß man sich sogar auf den Wachtürmen umblickte. Grunzlaute von sich gäbe! Was für ein Geheul wollte er aus seiner Kehle ausstoßen. Aus seiner von nun an freien Kehle. Die schlüpfrig war vor hungriger Spucke …

Da gab es noch Tus (Tusow) – den Sek mit den kalten Augen und, wie das ganze Lager wußte, dem umwerfenden Gedächtnis. Allerdings nur für Nebensächliches. Für Namen, Preise, Gewichte. Selbst die Lagerleitung hatte früher den Freigänger Tusow in das Kanzleistübchen geholt, zum Mithelfen bei den Berichten. Jetzt hatte sich der Sek, die Lockerungen ausnutzend, endgültig in einer Ecke der Amtsstube eingerichtet. Sich dort eingeigelt. Doch als

Derewjago und Gussew zu ihm kamen, hob Tus nur seine kalten Augen: »Keine Ahnung ... Woher soll ich eure Buchstaben wissen? Hat man sie mir gesagt?«

»Wozu Buchstaben – ich beschaff euch Weiber!« schrie er den Seki zu. Schrie er ihnen nach, als sie gegangen waren. Er führte sein eigenes Leben.

Bereits merklich besorgt, schrieb Tus einen Brief nach dem anderen an sehr weit entfernte (aber von hier aus sehr nahe) Frauenlager. Tag für Tag am Stehpult ... Er hatte seinen Stil verfeinert. Erlaubte sich kleine Scherze, freche Spitzen. Schlug den Frauen im Lager *ein freies kollektives Treffen* vor, so drückte sich der Kanzleigehilfe mit dem guten Gedächtnis aus. Warum auch nicht, wenn sein Kopf jede Adresse behielt, die nur einmal in den Papieren aufgetaucht war? Er schrieb einen Brief nach dem anderen. Hinter verschlossener Tür ... Die Seki lachten ihn aus. Doch als Tus' Briefe von den Frauen erwidert wurden, glaubten plötzlich alle daran. Erstaunlich! Sobald Antwort gekommen war.

Die Seki bereiteten sich vor. Zum erstenmal wurden ihre Gedanken von etwas Höherem als dem leicht verbesserten Abendfraß abgelenkt. Na, nicht Höherem, sondern Erhabenem. Sie onanierten gnadenlos. Die zu Gerippen abgemagerten Seki legten sich mächtig ins Zeug ... Um die Seele zu beleben. Das Organ stärker zu durchbluten. Es zu erinnern! Die ganze Nacht war auf den Pritschen leiser Betrieb, ab und zu ertönte ein plötzlicher Aufschrei. Es hörte sich an wie die Schreie von Flußmöwen. Wie Taubengurren ... Die Baracke schien voller Vögel zu

sein. Natürlich kreuzten die Frauen nicht auf. Natürlich
scheiterte im letzten Augenblick irgendwo irgendwas.

Die Arbeit an jenem verunglückten Tag erinnerte die Seki
an etwas längst Vergessenes, Zurückliegendes – an die
träge Mattigkeit in jungen Jahren. Beim geringsten Anlaß
legten sie eine Rauchpause ein.

Aber auf dem Damm trieb sie auch niemand mehr besonders an. Zählte niemand streng die beladenen Schubkarren. Die Fahrer (Soldaten) ließen die Seki rauchen.
Standen daneben. Die langsamen, schlecht mit Erde ge-
füllten Schubkarren waren ihnen auch recht. Wieso sollte
man nicht ein bißchen miteinander quatschen! Nicht nur
über die nicht erschienenen dürren Weiber … Die Soldaten erzählten den Seki, wo sie geboren waren. Und
aufgrund welchen Befehls (Nummer) sie hier waren. Sie
klagten. Stöhnten … Stimmten damit (vorbeugend) die
Seki milder und glichen ihr eigenes Leben an das der Seki
an. Wir sind genauso wie ihr. Wir sind auch Zwangsarbei-
ter. Und wenn was ist, denkt an die Ähnlichkeit zwischen
uns!

Die Soldaten nahmen Anteil:

»Was ist mit eurem Buchstaben? Warum geht ihr nicht
zum Felsen?«

Die Seki winkten nur ab – schon gut! Restlos vergessen. Vorbei … Von den Seki geriet nur Jenka bei der
Erwähnung des Buchstabens deutlich in Unruhe. Er verstand nicht genau, was vergessen und wovon eigentlich
die Rede war … Rannte aber. Hastete umher. Litt, die

Hände zum Himmel gehoben, und raufte sich das schüttere helle Haar.

»Vergessen! Vergessen!« Der arme Schnulli schluchzte lauthals. Weinte so bitterlich, daß sich die Seki vor Lachen kugelten.

Sie versetzten ihm Fußtritte. Tränenüberströmt rannte Jenka von den Baracken zum Stacheldraht. Er starrte durch den Zaun auf die großen, ausgehöhlten Bäume. Auf der Flucht hatten er und Wanja sich in solchen Bäumen versteckt! ... Er schaute hinüber. Klebte geradezu am Stacheldraht. Aber bei den Wachtürmen geschah nichts! Gar nichts. Nicht mal ein ruppiger Anpfiff! Der erbärmliche Schwule (nichts ist vergeblich) demonstrierte den Seki einen weiteren Fortschritt. Und was für einen! ... Die Wachposten schossen nicht auf den Sek am Stacheldraht. (Feuerten nicht einmal einen Warnschuß in die Luft ab.) Der Drahtzaun verlor seine Stachelkraft. Das Umklammernde ... Und die Pfosten schauten die Seki jetzt irgendwie blind an.

Jenka hatte ein kleines Loch in den Drahtzaun gemacht und kletterte hinaus, zu den ausgehöhlten Bäumen, die ihn lockten. Auf allen vieren. Wie ein Hund durch das Schlupfloch. Alle sahen es ... Und ein Sek sagte bang zum anderen:

»Im Wald darf man sich nicht verirren.«

Aber sie fürchteten den Wald nicht mehr. Jetzt war es möglich. Sie würden einen nicht mit dem Hund suchen. Würden Alma nicht den Saum der stinkenden Häftlingsbluse unter die feuchte Nase halten. Der Wald war herrlich! Im Wald fand sich der Sek plötzlich von ganz allein auf allen vieren. Bellte selbst. Einfach so ... Sie verdufteten nun durch Jenkas Schlupfloch in den Wald und nahmen die Uiguren mit. Suchten »Gras«. Irgendwas fürs Gemüt. Maruskin hielt sich abseits. Mit seinem Teller. Wenn er seinen Schlag Grütze zum Mittagessen bekommen hatte, haute er damit ab in den Wald. Er hatte Angst, daß die Grütze kalt würde. Sie schmeckte noch süßer, wenn er allein war ... Es war eine Lust, im Wald zu spachteln und den Stacheldraht von dort aus zu betrachten.

Sie, jeder verstand darunter, was er wollte – Freiheit, Fettlebe, fauler Lenz – sie triumphierte. Sogar das »Lazarett« wirkte heiterer. Man mußte immer noch den einen oder anderen nach einer Prügelei einsperren. Sie hatten sie selbst eingesperrt. Die schlimmsten Raufbolde. Drei Mann ... Die Seki drängelten sich hinter dem kleinen Gitterfenster, stellten ihre zerschlagenen Visagen zur Schau und schrien allen möglichen Unflat hinaus, manchmal auch komisches Zeug. Zeigten der Welt ihre zerschnittenen Brauen und prächtigen blauen Flecke. Johlten, pfiffen, grölten, wenn Ljam-Ljam nachdenklich vorbeiging. Zogen ihn mit dem ersten Buchstaben auf:

»Arange! ... Ananist! ...«

Sie gingen nicht mehr zum Felsen, dafür sammelten sie Pilze im Wald, soviel sie wollten. Vor allem Milchlinge – zum Kochen und Einsalzen. Und Beeren. Wenn sie zurück waren, erzählten sie, daß es in der Taiga stark herbstelt und es bestimmt bald kalt wird. Und daß sie am Berghang für den Hasen, der schon sein Sommerfell verliert, Fangschlingen ausgelegt haben. Ans Essen stellten sie jetzt höhere Ansprüche. Ach, das erste Stück Räucherfleisch damals! Sie waren darüber so entzückt. Träumten davon! ... Und gleichsam als Echo darauf erfaßten die Veränderungen endlich das Allerheiligste: die Verteilung. Die Seki waren begehrt. Als Gleichwertige. Die Seki nahmen jetzt beim Abladen der Lebensmittel von den zwei soeben eingetroffenen Lastwagen teil. (Was war der Buchstabe dagegen! Oder die Grütze allein im Wald!) Gleichberechtigt mit den Wachsoldaten trugen die Seki Kisten auf dem Rücken in den Wirtschaftsblock. Schleppten Schachteln und Säcke. Und wußten jetzt selbstverständlich, was es alles gab und wieviel. Jetzt sahen sie selbst, daß die Kartoffeln in den Säcken schon verdorben geliefert worden waren. Schon mit schwarzen Stellen. Aber eben für alle. Sie befühlten sie selbst, pulten selbst mit dem Fingernagel die Triebe heraus. Überzeugten sich selbst ... Aßen selbst.

Mit gefrorenem Atem trug der Sek die leichtverderblichen Lebensmittel in den Wirtschaftsblock. Der Kühlraum im Wirtschaftsblock war das Allerheiligste. Die Eisbrocken im Keller glitzerten wie in den Märchen der Kindheit! Wie in einer Höhle! ... Der Wirtschaftsblock war zugänglich und täglich für alle einsehbar! Der Sek wunderte sich, daß er hier kein himmlisches Manna erblickte. Was er sah, war dürftig. Viel besser als bei den Seki, aber dürftig. Kein Schlaraffenland.

Wodka, schlechter Fusel oder andere harte Sachen – nichts dergleichen fand sich im Wirtschaftsblock. Dabei hatten sie so darauf gehofft!

Sogar die galoppierende Krankheit befiel jetzt alle gleichmäßig. Eine unbegreifliche Krankheit … Die Temperatur schnellte auf 41 Grad hoch, und der Tod trat unter schweren Krämpfen noch vor dem Morgen ein. Die Epidemie dauerte eine Woche. Nacht für Nacht raffte die Krankheit gut ein Dutzend Seki dahin. Soldaten nur um ein geringes weniger (wenn man zählte).

Zwei Pferde zogen den vertrauten Karren mit dem großen kastenförmigen Holzaufsatz – anfangs immer noch zur Wachstube. Die Soldaten warfen Soldaten hinein, die Seki Seki – so sah es aus. Aber ganz so getrennt verlief die Sache dann doch nicht! Hier und dort rempelten sie sich mit Schultern und Armen an, während sie durcheinanderarbeiteten. Ob sie wollten oder nicht, sie stimmten ihre Bewegungen aufeinander ab. Anfangs kamen die Seki herbei, um den toten Soldaten irgend etwas wegzunehmen. Die Feldblusen aus kräftigem Stoff (die Stiefel hatte man ihnen schon ausgezogen). Kleidung für die Lebenden. Die Soldaten schauten ruhig zu, wie Soldaten entkleidet wurden. Natürlich zog man ihnen auch die strapazierfähigen Hosen aus (die Gürtel waren schon weg). Auf die Gürtel hatten sich die Diebe gestürzt. Die Gürtel hatten wunderschöne spiegelblanke Schnallen. Aus Metall! Sie sollten nach dem Alphabet verteilt werden, aber die Diebe, diese Taschenspieler … Na, das waren fixe Burschen! … Die Gürtel der toten Soldaten verschwanden einfach. Man bekam sie gar nicht erst zu Gesicht.

Beim Totengeleit zogen Wachsoldaten und Seki (Freigänger!) gemeinsam durch das Lagertor hinaus. Gingen neben den trottenden Gäulen her. Gingen ... und wechselten Worte. Wann sollte man sonst philosophieren, wenn nicht auf diesem Gang! Es schien keine Trennung mehr zu geben zwischen diesen und jenen. (Zwischen denen, die Hunde und Kalaschnikows hatten, und denen, die keine hatten.)

Die Soldaten und die Seki markierten die Erde. Und stemmten sich gleichzeitig auf die Schaufeln ... Die Toten kamen nicht etwa in ein Gemeinschaftsgrab. Nein, jeder bekam eine eigene Grube. Es gab genug Erde. Jeder erhielt auch ein Schild mit seinem Namen. Jeder.

Der Major (Vizekommandant) führte ein Gespräch mit Strunin, Ljam-Ljam und dem jungen Pankow. Die Freiheiten waren überraschend, unvorhergesehen. Die Freiheiten machten es möglich, daß jeder mit jedem abrechnete. Das war verdammter Mist! Deshalb verband sie eine gemeinsame Sorge – persönliche Abrechnungen zu verhindern.

»Für Leute wie uns, die aufeinander eingespielt sind«, der Major verstärkte seine Worte mit einer einigenden Handbewegung (für uns alle!), »geht es den Bach runter. In gewissem Sinn werden wir alle im Lager bleiben. Hinter Stacheldraht. Sogar, wenn er beseitigt wird. Raus werden nur die Gefühle kriechen. Die unvermeidlichen Empfindlichkeiten von Menschen, die eingesperrt sind und eng auf einem Haufen leben. Rachsucht ... Eifersucht ... Habgier ...«

Der junge Pankow fragte mit einem spitzen Lachen:

»Hast du Schiß?«

Der Major hob die Arme: überhaupt nicht. Er grinste sogar: nein! … Dem Mythos zufolge (und der Mythos wurde auf den Pritschen nicht angefochten) war er doch einer von ihnen. Der einzige aus der ehemaligen Lagerleitung. Die Seki betrachteten ihn doch als »Kumpel«. Als ihren Mann! Die Seki hegten doch kaum noch Haß auf die Lagerleitung.

Aber um so schmerzhafter spürten und begriffen die Seki, wie wenig in ihnen selbst befreit worden war. Auch die ehemaligen Diebe begriffen es. Wie wenig von dem befreit worden war, was sich als einziges zu befreien lohnte – das Vertrauen zum Pritschennachbarn.

Und keinerlei Anspannung. Wir warteten nur. So gut wir konnten, arbeiteten überhaupt nicht. Schwänzten. Seltsamerweise machte uns das nicht besser, sondern böser.

»Leck mich …!«

Man wollte jemanden beschimpfen, aber noch lieber ohrfeigen. Ein Herzensanliegen. Wenn man niemanden zum Beschimpfen und Ohrfeigen hatte, dann fiel einem der Umgang mit den anderen in den Tagen der Befreiung schwer. Es war schwer, zu leben … Nicht zu arbeiten, nicht zu malochen, sondern zu leben. Irgendwie schämte man sich. Es war zu deutlich, daß wir seelisch verarmt waren. Daß über die Jahre nur der Wunsch in uns geblieben war, zu überleben. Alles andere – vergiß es! Alles andere hatten die Winterwinde durch den Stacheldraht geblasen. Über die Zaunpfosten hinaus ins Freie – such es auf dem Schneefeld!

Echte Wachsoldaten, die auf beide Baracken aufpaß-
ten, gab es nur noch wenige. Und auch sie waren weniger
streng. Wenn sie sich in Gegenwart eines Sek eine Zigarette ansteckten, scherzten sie gern. Oder ließen ihn sogar die Kalaschnikow halten, während das Streichholz
brannte. Der Wachsoldat namens Bolzen war am Morgen
mit seiner Betonfaust abgefahren (für immer). Niemand
hatte es bemerkt. Die Hunde hatten ihm nicht zum Abschied nachgebellt! Freiheit ...

Mit der Schubkarre plagte sich Strunin nicht ab. Nur mit
der Schaufel. Verständlich: Der Mann war schon alt ... Er
schippte immer nur wenig Erde. Aber wenn die Kolonne
aus dem Tritt kam, stürzte er sich jung und behende mitten ins Gewühl. Mit großen Sprüngen. Und ließ keinen an
sich ran! ... Sie marschierten in schlechter, lückenhafter
Formation. Gussew wurde gänzlich abgedrängt. Afonzew
stießen sie, traten ihm auf die abgelaufene Ferse. Und wie
sie dazu schrien!

Beim geringsten Mucks winkte Strunin ab – hier ist
nicht der Ort für Gespräche. Die Baracke nicht. Und der
Damm auch nicht.

»A-arschloch«, stammelte Gussew mühsam.

Afonzew nickte grinsend: So ein Arsch! ... Wie wir alle.

Afonzew und Gussew hängten sich trotzdem an Strunin. Stocherten Schaufel an Schaufel neben ihm in der
Erde. Aber was war das?! ... Sie warteten schon auf die
Rauchpause. Da machte Strunin plötzlich vor ihren Augen
schlapp und fiel auf die Erde. Glitt an seiner Schaufel

herab, an die er sich mit seinen langen arthritischen Fingern klammerte. Afonzew und Gussew traten keinen Schritt zurück. Trauten ihren Augen nicht. Bleich, vom Tod gezeichnet, rang Strunin nach Luft.

Der Wachsoldat, der als erster herbeigerannt kam, brüllte – Strunin solle liegenbleiben, solange er wolle. Nicht der Anführer tat ihm leid, sein künftiger Chef tat ihm leid.

»Alle anderen weiterarbeiten! Arbeiten! Wird's bald, ihr Schufte!«

Die Wachsoldaten rammten den Seki ihre Gewehrkolben in den Rücken. Trieben sie von Strunin fort. Stießen sie auseinander. Scheuchten sie vom Damm zurück zu den Lastwagen, die ausgeladen wurden ... Paß du auf ihn auf! Und du auch! (Zu Afonzew und Gussew.) Los, los, tragt ihn in den Schatten – die übrigen zum Damm, zum Damm, hab ich gesagt! ... Aber dalli!

Afonzew und Gussew trugen Strunin zu der Stelle, wo sich die Schneise zwischen den Föhren verengte. In den Schatten. Der Wachhund wurde verrückt. Knurrte und sprang hoch. Der Hund konnte sich nicht erinnern, daß Seki bei Dammarbeiten so viele Schritte zur Seite gehen durften! Der Wachsoldat, der den Hund kaum halten konnte, brüllte nun ebenfalls: »Na, genug getragen, Blödmänner! Laßt ihn hier liegen! Keine faulen Tricks, ihr Dumpfbacken!«

Afonzew beugte sich zu Strunins Gesicht hinunter. Die Miene des Anführers verzerrte sich, er litt. In seinen Augen standen Schmerz und blanke Angst! Nicht um sein

Leben – vielleicht wegen seiner Stummheit. Seiner schuldig gebliebenen Antwort. Angst wegen der plötzlich offenkundig gewordenen bitteren Wahrheit seiner Anpassung.

Der Hund biß in die Leine, an der Schaumflocken hingen. Und griff erneut an. Er biß Strunin, der gerade erst ins hohe Gras gelegt worden war, ins Bein (durch die Hose mit den Rhomben hindurch), so daß der Anführer aufstöhnte. Afonzew und Gussew jammerten lauthals. Jetzt schrie auch der Wachsoldat zum Sicherheitsbevollmächtigten hinüber – Wieso habt ihr ihn hier abgeladen? Wieso allein?! Ihr könnt ihn doch nicht mit den Seki hierlassen, vor dem Dickicht, durch das keiner durchkommt! ... Für alle Fälle ließ er das Schloß schnappen. Flog fast hin, weil der Hund so an ihm riß.

Strunin, totenbleich und starr, stammelte:

»Weiß nicht ... Weiß nichts, Landsleute. Schlagt mich tot ... Mit der Schaufel auf den Kopf, und Schluß!«

Aus Strunins Nase quoll ein roter Strahl. Schlängelte sich als schwaches Rinnsal. Der Hund, der ihn gebissen hatte, heulte beim Anblick des Blutes auf. Heulte dünn und furchtbar gereizt, bis ihm der Wachsoldat einen Fußtritt versetzte.

Die Soldaten, die auf dem Damm wachten, liefen endlich herbei. Zu zweit. Trugen Strunin zum Lastwagen.

Aus irgendeinem Grund gab man dem Hund die meiste Schuld. Irgendeiner mußte ja schuld sein! ... Am nächsten Morgen wurde die Hälfte der Hunde weggeschafft. Irgendwohin. Die aggressivsten. Die verbliebenen Hunde trauten dem Schicksal der weggeschafften nicht, heulten. Sie begriffen alles. Und setzten jenes dünne, gereizte Geheul fort. Nacheinander fielen die Hunde in das Geheul ein, Kehle an Kehle – Trübsal an Trübsal. Doch vor diesen Hunden hatten die Seki keine Angst.

Man lauschte den verbliebenen Hunden schon wie gewöhnlichen Hunden. Sie waren Geschöpfe wie man selbst. Nach dem Aufwachen brauchten sie was zu fressen; und nach dem Fressen wurde eben gebellt.

Zwischen den Soldaten und den Seki kam es so weit, daß sie einander einen Klaps auf den Rücken oder den Hals gaben. Daß sie, wie unter Russen üblich, nachsichtig Schimpfwörter wechselten. Dann stellte sich sogar eine äußerliche Ähnlichkeit ein – in der Kleidung. Ein Soldat bat einen Sek aufzupassen, für ihn ein Stündchen oder zwei mit der Kalaschnikow Wache zu stehen. Der Soldat hängte dem Sek seine Maschinenpistole mit beiden Händen um den Hals. Der Sek strahlte. Als Gegenleistung fürs Aufpassen wollte der Sek eines der beiden Uniformhemden. Wollte (endlich) den verschlissenen Häftlingskittel auswechseln.

Die Barackenführer waren ja nicht alles! Ihre Vergeßlichkeit war nicht alles … Der Buchstabe A im Felsen war ja nicht abgeblättert und nicht verwischt – er war noch da. Doch sein Anblick löste kaum mehr Erregung aus. So war es nun einmal. Das aus Unfreiheit entstandene Vorhaben der Seki, die Felsenaufschrift, hatte das Feierliche und Hohe eingebüßt – dafür war der Himmel selbst hoch und feierlich geworden! Der Himmel, in den man schauen konnte ... Den Kopf in den Nacken gelegt ... Man konnte gehen und an das Blau denken. An den unabänderlich hohen Himmel! Denken, woran man wollte ... Ohne Angst, dabei zufällig zu stolpern. Ohne Angst, beim Nachdenken zu straucheln, nachdem man aus Versehen einen Schritt nach rechts oder links gemacht hatte, was der Flucht gleichgekommen wäre – und der Kugel im Rücken.

5

Mit Strunins Tod wurde das Gefühl der Befreiung noch größer. Was spielte es für eine Rolle, wer an der Spitze war! Hauptsache, man quetschte ihnen nicht das Mark aus. Wenn die Freiheit kommt, soll man sie ermuntern, nicht ihr hinterherpfeifen. In jedem Fall ...

Sie nahmen an, daß das neue Einvernehmen, mochte es auch übereilt und zum Teil blind sein, von ganz allein entstehen würde. Zwangsläufig! Daran glaubten vor allem die ehemaligen Verbrecher. (Wie seltsam es auch scheinen mag.) Die Diebe jubelten. Bald hier, bald dort wurde eine brandneue kindliche Idee besprochen. Zum Beispiel auf Bäumen leben. Wie die Paviane. Feierlich alle Messer wegwerfen ... Die Maschinenpistolen begraben. Alle bis zur letzten ... Sie glaubten, sie bräuchten nur den Stacheldraht hinter sich zu lassen, und schon würde sie etwas Gutes und Ewiges für immer frei machen. (Und zugleich im Nu ihre Wachsoldaten hinter den Stacheldraht treiben. Hier waren sie ein wenig kleinlich. Kleinlich und rachsüchtig …) Und doch zerfielen die Seki nicht. Sie blieben beisammen. Obwohl sich bereits einzelne Grüppchen zum Kartenspiel absonderten. Obwohl man sich in kleinen Grüppchen an starkem Teesud berauschte. Manchmal aber schlief man schon allein, irgendwo, das Gesicht nur mit einem breiten Klettenblatt zugedeckt.

Das Miteinander wurde nicht gefördert, aber auch nicht verboten! Wenn es ein Soldat vor dem Damm einfach nicht schaffte, den Wagen zu parken, setzte sich der Stotterer Gussew, früher ein guter Autofahrer, ans Steuer. Stieg in den Lastwagen ein und fuhr los. Der Sek wurde zu den Autos durchgelassen. Unter allgemeinem Gelächter über den ungeschickten Soldaten rangierte Gussew zweimal gekonnt vor und zurück. Diesen Zickzackkurs beherrschte der Soldat offenbar nicht. Gussew stellte den Lastwagen mühelos parallel neben den anderen. Klebte ihn Bordwand an Bordwand!

Aber die Zaunpfosten und Wachtürme standen. Und der Stacheldraht war gespannt. Im Rücken (besonders im Rücken) spürte der Sek die stille Übereinkunft (zwischen Pfosten und Draht).

Das Wichtigste für einen Gedanken ist es, nicht zu verschwinden. Die Existenz eines sich über Wasser haltenden Gedankens ist der Gedanke selbst. Deshalb waren die Seki mittlerer Autorität und die ganz unbedeutenden Seki bereit, sich eisern an die letzten Reste eines Gedankens zu klammern, der ihnen in der Vergangenheit geholfen hatte. Einer davon betraf den Buchstaben im Felsen. Ihre Position in der Mitte hatte hier ihr Leben garantiert. Jetzt befahl ihnen diese Mittelposition zusammenzuhalten. Dieses standhafte (und vielleicht trügerische) Gefühl hatte es ihnen eben nicht erlaubt, gänzlich in Dreck und Kotze zu fallen. In die Grube ja, aber nicht in die Gosse ... Doch was sollten sie jetzt tun und wie sich verhalten?

Die Freiheiten hatten ja damit begonnen, daß der Buchstabe A Konjas fast erblindete Augen bedrückt hatte ... Die Seki glauben nicht an den Zufall. Wie alle Menschen. Viel lieber glauben sie an einen Plan oder an Ränke, die jemand schmiedet. Ihrer (ursprünglichen) Strategie beraubt, vermuten sie bei allen möglichen Menschen strategisches Talent (und folglich Pläne). Bei denen, die oben und draußen sind, bei den Mächtigen. Oder bei denen, die drinnen sind, den Schlauen ... Man läßt uns an den Fäden tanzen! Und wir ... Was sind wir! ... Derewjago, Filja, der Stotterer Gussew und Afonzew brannten keineswegs darauf, wieder auf den Felsen zu klettern, dort im Wind zu hängen und mit zusammengekniffenen Augen auf den Stein einzuhauen. Es ging ihnen nicht um den Buchstaben. Sie hatten keine Lust, sich abzuschinden. Aber ohne alles dazustehen ...

Trubitsch aus Baracke zwei, der mit dem Stotterer Gussew befreundet war, erzählte von den fürchterlichen Prügeleien bei ihnen in der Baracke. Schon drei Morde nacheinander. Da wurde nicht aufgeteilt. Nicht abgerechnet ... Das war so etwas wie ... Männer können nicht ohne Aufgabe sein. Solang wir den Buchstaben hatten, waren wir irgendwie verbunden, oder nicht? … Woher kommt diese Gehässigkeit, mit der die Seki nachts in der finsteren Baracke zwischen den Pritschen herumschleichen – die einen schleichen herum, die anderen stellen sich krampfhaft schlafend. Ja, der alte Konja hatte eine Meise. Aber dieser Bekloppte hat unsere Toten aufbewahrt! … Die Jahrzehnte hier im Lager! Die Hunderten namenlosen Toten unter den Grabhügeln! Die Wassersuppenzisternen. Habt ihr vergessen? Das Gedächtnis verloren? Arbeitsvieh, verfluchtes …

Am nächsten Morgen wurde auch in ihrer Baracke ein Abgemurkster entdeckt. In Baracke eins. Der kleine Balajan. Mit der Glatze. Auf der übernächsten Pritsche von Afonzew aus … Der kalte Balajan wachte einfach nicht auf, lag morgens da, ein Stück Zucker in der Faust umklammert, das er nicht hatte hergeben wollen.

Die Seki standen mit offenen Mündern um ihn herum. Die Wachsoldaten standen auch dabei.

»Ihr habt ihn umgelegt, also begrabt ihn auch«, entschieden die Wachsoldaten.

Die Worte der Wachsoldaten (die ihnen Scherereien ersparten) waren kein Befehl oder Anschiß. Waren nicht einmal ein Vorwurf. Sondern pure Unlust. Ehrliche Soldatenfaulheit.

Also die Gäule anspannen und ab. Macht ihr das mal! Wir hindern euch nicht dran. Wir bewachen euch nicht. Den Weg kennt ihr ja …

Sie machten sich eilends daran, ihn zu beerdigen, die

Ratten benagten schon Balajans Gesicht. Die Ratten waren die Natur selbst. Die geschwänzte Kreatur (die Natur selbst) zeigte den Seki, was durch keine Neuerung und keine Veränderung abgeschafft und weggewischt wird. Den Rachen. Das letzte Bild – unwichtig, ob deins oder meins.

Dafür empfand die Obrigkeit, vom Major bis ganz nach unten – bis zum letzten Lagerhund, der aus Gewohnheit wütend vor dem Stacheldraht hin- und herrannte –, eine Art Genugtuung. Erst wenn man selbst aufs Eis geht, merkt man, daß es glatt ist! Ihr habt uns wegen der Tode und schlechten Begräbnisse verflucht! Wegen unserer Grausamkeit! Ihr müßt Rechenschaft ablegen, habt ihr gesagt. Habt uns ins Gewissen geredet! ... Jetzt schaut euch selbst an!

Am selben Tag verschwanden zwei weitere Sicherheitsbevollmächtigte (reisten ab), zwei von den ganz scharfen. Waren erkrankt. Nahmen Urlaub, um sich auszukurieren.

Gegen Abend stimmten die mittleren Seki wieder ihr altes Lied an – wieder ging es in der Baracke laut zu. Ungeniertes Geschrei über die drängenden Sorgen. Zu Grüppchen geschart, schrien die Seki fast im Chor. Reichten ihnen die Parolen noch nicht! ... Doch schon wurde um sie herum gejohlt und gewiehert. Und saftig geflucht! ... Was? Wieder der Buchstabe? Welcher denn? Welcher ist der nächste? ... Vergessen, ihr Armen! Ver-dru-selt. Eijeijei ... Die Mittleren ziehen leicht den Spott auf sich. Die Bornierten. Gehemmten.

Und gleich mit den Fäusten aufeinander losgegangen!

Einer wurde von der Pritsche geworfen. Es hätte in einer blutigen Gruppenschlägerei enden können. Die Mittleren gaben nicht klein bei. Schrien – dann gib doch du irgendwas! Braucht ja kein Buchstabe zu sein! ... Scheiß auf den Buchstaben, aber es muß was her, was uns wieder zusammenschmiedet. Verdammt noch mal, der Mensch lebt doch nicht vom Brot allein!

Zum Glück fand sich etwas. Der kaltäugige Sek Tusow richtete sich hoch auf, der Mann mit dem schizoid hartnäckigen Gedächtnis für Nebensächliches. Tus stellte ein Bein auf die Pritsche. Stand so, daß er größer war und man ihn besser hörte. Und schrie:

»Ich hab was!«

Kaum hatte er erklärt, was, da brüllten alle los. Sogar die entferntesten Posten auf den Wachtürmen hörten das Geschrei. Afonzew, Gussew, Filja, Derewjago – alle schrien. Ja, ja, einverstanden! Laß abstimmen! ... Ihre Augen wurden groß. In Baracke eins herrschte das lautstarke Gebrüll, mit dem lebendige Menschen den Erfolg begrüßen. Mit dem die Menschenmasse die Erinnerung an ihre Unsterblichkeit begrüßt.

Und es kam zustande, dieses von Tus vorbereitete Treffen. Mit dem Frauenlager. Mit der Frauenbaracke eins. An einem heiteren Tag Ende September ... Die Frauenbaracke erschien allerdings nicht vollständig, wie im Briefwechsel versprochen. Es waren zu wenig Frauen gekommen. Aber sonst war alles genau eingehalten, ohne Durcheinander – auch die Zeit auf die Stunde genau. Das Treffen fand in einer kleinen Föhrenschonung statt, wo der Boden mit Sicherheit trocken war. Die Erde war noch warm. Und das Gras dürfte dort auch nicht kalt sein.

Die Gäste trafen in einem geschlossenen Lastwagen ein, und die erste Frau, die die Seki zu Gesicht bekamen, saß im Führerhaus ohne Scheiben. Eine weitere Frau saß am Lenkrad. Die Fahrerin. Sie trug ein Kopftuch, unter dem schwarze Ponyfransen hervorquollen.

»Juhuu. Juhuu!« Lautes Stimmengewirr. Die Blicke der Männer, Elendsgestalten allesamt, saugten sich fest ... Die Gesichter der Seki wurden starr. Auf den Jochbeinen spannte sich die Haut.

Die Männern eigene Ausgelassenheit beim Warten war bereits aufgebraucht. Sie waren ausgelaugt. Was heißt hier Ausgelassenheit! Vor Ungeduld waren sie knapp eine Stunde zu früh zum Treffpunkt gekommen. Die Föhren reichten ihnen bis zur Brust, die Seki schlenderten zerstreut und mit trübem Blick in der Schonung herum. Und erst als die Gäste eintrafen, lebten sie auf. Nahmen sofort Aufstellung. Gewohnheit. Damit keiner der erste war.

Die weiblichen Seki kletterten unter der Plane ihres Lastwagens heraus und sprangen auf die Erde. Scharten sich ebenfalls dicht zusammen. Fast gleichzeitig zerfielen beide Gruppen. Und setzten sich in Bewegung. Ohne sich vorzustellen. Ohne »Guten Tag« und ohne eine einzige Begrüßung. (Aber auch ohne Kommando, ohne Anschiß.) Strebten aufeinander zu. Manche Männer stürmten trotzdem voraus – beeilten sich, um (zuerst mit den Augen) ein netteres Liebchen zu ergattern. Beide Ströme trafen in der Föhrenschonung aufeinander. Man hörte heisere Männerschreie. Jemand bekam einen Husten-anfall. Eine der Frauen begann unbeherrscht und leiden-schaftlich zu schreien:

»I-iiih! … I-iiih!« schrie sie mit hohem, vor Erwartung gespanntem Stimmchen und konnte gar nicht mehr auf-hören.

Sonst nur das Knacken des niedergetrampelten Gehöl-zes. Und plötzlich Stille.

Natürlich mußte der eine oder andere irgendwo war-ten. Auf der Stelle treten, während er verstohlen seinen Blick schweifen ließ. Und das Wasser im Mund runter-schluckte … Hie und da kam es zu »Wechseldreiecken«. Es waren einfach mehr Männer, was sollte man tun? Aber im allgemeinen gab es keine Entgleisungen. Die engum-schlungenen Paare trennten sich nicht. Klebten wie Pech und Schwefel zusammen … Die Frau, die man hatte, zu verlassen und eine andere aufzureißen (was man noch gestern gedacht, geträumt hatte), klappte nicht. Verlas-sen bedeutete, aufs Spiel zu setzen. Aufzustehen, um eine Dürre gegen eine etwas Dickere zu tauschen (fette Wei-ber waren im Lager eine Seltenheit), das fiel dem Sek gar nicht mehr ein. Er kam gar nicht auf die Idee. So stark wurde sein Leib geschüttelt. Und so gefährlich war es, den mageren, ebenfalls zitternden Körper loszulassen (entwi-schen zu lassen). Die wenigen Soldaten, die sich zuvor als Seki verkleidet hatten, machten keine Ausnahme. Die sich vermummt hatten … Nicht, um aufzupassen, natürlich, und nicht, um zu bewachen. Sondern wegen desselben lok-kenden Fleckchens in der Föhrenschonung. Sonst hätten sich ihre Chancen verringert. Die Kleidung hätte sie verraten. Ihr grauer Soldatenblick hätte höchst ungelegen Angst eingejagt.

Zur festgelegten Uhrzeit quäkten die Hupen beider Lastwagen. Die Autos sprangen ratternd an ... Beide Ströme trennten sich sofort und, zugegeben, diszipliniert. Die Menschen flossen rückwärts. Wie in einem Film, der zurückgespult wird. Männer und Frauen gingen mit dem Hintern voran (wandten die Gesichter weiter einander zu). Die Seki zogen sich langsam zurück. Durch die Föhrenschonung. Die einen wie die anderen rückten ab – zu ihrem Auto. Schrien über das zerdrückte Gras – über die niedrigen Föhren – über den Raum hinüber. Manche notierten sich eilig eine Adresse.

»Woronesch! Dritte Baustraße ... Hast du's dir gemerkt? Dritte Baustraße 26!« schrie noch eine Frauenstimme, als die anderen schon verstummt waren. Und nur das Tuckern der warmlaufenden Motoren zu hören war.

Zwei Männer blieben in der Föhrenschonung liegen, auf der erwärmten Erde im Gras, das nicht kalt war. Die Wahl (oder das übereilte Wechseln) einer Frau gegen eine andere hatte zu einem Zusammenstoß geführt. Inmitten des fröhlichen Koitierens ... Als ein Messer oder eine zugespitzte Feile plötzlich einen verfrühten Punkt setzte. Der eine Tote war ein Sek, der andere ein verkleideter Soldat. Sie lagen zwanzig Schritte voneinander entfernt. Jeder für sich ... Es wurde nicht weiter untersucht. Es war klar, daß es nicht um eine persönliche Abrechnung gegangen war. Daß in der Föhrenschonung kein Sek einen Soldaten und kein Soldat einen Sek getötet hatte. Ein Mann hatte einfach den anderen umgebracht.

Wozu aufklären, wenn in den Baracken grundlos (und ganz ohne Beteiligung von Frauen) die nächtlichen Morde weitergingen, die man gar nicht mehr schlimm fand? Eine Leiche hier, eine Leiche da. Man stellte nicht mal mehr Vermutungen an. Einfach Tod. Das war nichts Neues mehr, das es zu verstehen galt. Die Morde hatten nichts Neues. Im Gegenteil! Erst jetzt kam ihre Vergangenheit ans Licht. Erst jetzt, mit den ersten Freiheiten, wurde endlich offenbar, wie lange sie schon in einer Zeit lebten (und sich daran gewöhnt hatten), in der ihr Leben keinen krummen, rostigen Nagel wert war.

Mit einem Nagel war auch Tus getötet worden, der mit dem schizoiden Gedächtnis. Er war ebenfalls ein durchschnittlicher Sek gewesen. Einer von denen, die in ihrem Inneren nach unversehrter Ehrlichkeit, nach Mitleid, Gewissenhaftigkeit und anderen Resten menschlichen Rüstzeugs suchten. Aber er hatte ein zu kleinliches Gedächtnis. Wußte noch, wieviel Nägel gestohlen waren … wieviel Schachteln geliefert waren … wie hoch der Trockenschwund beim Brot war … wieviel Adressen es im Frauenlager gab … Jetzt wurde die Zwietracht in der Baracke ohne Tus ausgetragen. Der nächtliche Verteilungskampf ohne ihn geführt. Baracke eins legte sich schlafen. Aus den verschiedenen Ecken erklang vielstimmiges, verärgertes Geschrei. Von Geprellten und Habgierigen. Dann brüllten sie, Afonzew, Derewjago und Gussew, die diesmal wie durch ein Wunder Haut und Habe gerettet hatten, streng:

»Ruhe im Puff! ... Jetzt wird geschlafen!«

Als Ende September die beiden Traktoren auftauchten, hielt sich das Wetter noch. Das war eine aufreizende Versuchung – niederzureißen! Die Seki hänselten einander und waren ganz scharf drauf, in die Kabine zu klettern. Sich an die Hebel zu setzen. Das konnte man verstehen. Der Soldat und Traktorfahrer hatte wohl auch nachgegeben – bitte schön! Nur zu! ... Der Traktor war bullig und allem Anschein nach stark. Außerdem hatte er an den Seiten noch seine fabrikneue Lackierung. (Auch eine Neuheit, die ins Auge sprang!) Er war lang getuckert. Hatte sich lang durch die Taiga zu ihnen durchgeschlagen, genau zum richtigen Zeitpunkt, wie sich herausstellte. Wie gern wollten sie damit fahren! Jeder!

Ununterbrochen kletterten sie in die Kabine, einer löste den anderen ab. Die Seki hatten dem Soldaten endgültig seine Arbeit abgenommen (vielmehr seinen Traktor). Und sogar wer gar nicht fahren konnte und nie am Lenkrad gesessen hatte, kämpfte sich in die Kabine und löste die Bremse, sobald er sich auf den Sitz hatte plumpsen lassen – vorwärts! Der Traktor ruckte nervös und jaulte auf. Qualmte. Drehte sich wie ein Dämon auf der Stelle. Die Seki (die nächsten) kletterten hinauf, hängten sich dran und tanzten schon auf den kriechenden Raupenketten: los, los! Der Soldat schrie am Anfang noch –

das ist gefährlich! ... Doch dann wandte er sein Gesicht ab, zur Taiga. Man konnte ihnen nichts mehr verbieten. Es war auch nicht der Mühe wert ... Beim Anblick ihrer grinsenden Münder hatte der kleine Soldat rasch kapiert, was Sache war.

So stand er da und rauchte. Lachte: Alles in Ordnung! Alles paletti! ... Ich, der Mutige, hab ihnen den Traktor erlaubt, nicht sie haben ihn mir weggenommen, die Schurken.

Sie fanden es uninteressant (zu einfach), mit den Traktorraupen das Gras der Todeszone zu bügeln. Dieses kurzgeschorene Gras! (Das durch seine Gepflegtheit Fluchtversuche verhindert hatte.) Etwas anderes war es, die Stützpfosten umzureißen. An der Grenzlinie entlangzurasen! Und jeden Pfosten, der beim Aufprall durch die Luft wirbelte, mit Hurrageschrei zu begrüßen – mit der Wut von fünfzig Kehlen ... Der geballte Schrei brauste wie Wind. Betäubte! Übertönte das Rattern des Motors. Der geballte Schrei der Seki war von solcher Kraft, daß er die stinkenden Abgase ablenkte, die als schwarzer Strahl aus dem Auspuff quollen.

Von einer anderen Ecke des Lagerkarrees tauchte der zweite Traktor auf, der Pfosten umriß – und wurde ebenfalls mit Gebrüll empfangen. Ekstase der Zerstörung! Raserei, die immer Hand in Hand mit der Freiheit geht! Im Umreißen der Pfosten-Phalli brach sich ja tatsächlich heidnische Energie Bahn (befreite sich). Schändung der Symbole. Und bittere Sinnlichkeit des Verbots. Nicht von ungefähr besann sich einer der Seki plötzlich. Und schrie:

»Macht nichts! Mit diesen Pfosten haben sie uns doch gef...!« Beide Traktoren fuhren zielstrebig aufeinander zu. Näherten sich einander.

Der Traktor rammte die gespannte Drahthürde und drückte sie rachsüchtig nieder. Übte einen solchen Druck aus, daß der verfluchte Stacheldraht an manchen Stellen mit einem Knall riß ... Die Drahthürde? Oder ihre Stützpfosten? – Jedesmal (bei jedem Abschnitt) war unklar, wer von beiden länger stehenblieb. Wer wie verankert war – wer sich widerspenstiger (und folglich einprägsamer) auf dieser, auf unserer Erde halten würde ... Die Drahthürde riß nicht, der Pfosten stürzte nicht um. Sie gaben sich nicht geschlagen. Da walkte die knirschende Raupe den Draht bis zum Anschlag aus. Bis zum Angriff auf den Pfosten. Und erst jetzt (auch im Tod miteinander verbunden) kippten sie um, lagen nebeneinander. Der Pfosten, umgeworfen, plattgelegt. Und die ihm treue erschlaffte Drahthürde.

Die Traktoren trafen frontal aufeinander. Wendeten und fuhren eilig (hatten sich erinnert) jeweils zu der Ecke zurück, woher sie gekommen waren – zu den Wachtürmen.

Nun waren sie dran. Allein der Anblick der jetzt kahl dastehenden Wachtürme, rechts und links vom Stacheldraht befreit, löste eine neue Aufwallung von Ingrimm und Geschrei aus. Einen Gefühlsausbruch, der Einfachheit halber Haß genannt. Die Seki rannten von allen Seiten herbei. Alle gafften. Wie ein Mann. Doch noch vor den anderen (und entschiedener) taten sich zwei hervor: der junge Pankow und der einäugige Filja. Der freche, aufgeweckte Pankow und der kränkliche Dieb Filja, dessen linkes Auge längst ausgelaufen war. Sie wurden gleichzeitig von derselben Idee entflammt: auf den Turm einen Scheißhaufen zu setzen.

Man wollte es ihnen ausreden, aber kann man Tobende bändigen?

»Ich scheiß obendrauf!« schrie Filja.

Pankow aber stieß, die Zähne im jungen Mund blekkend, alle beiseite, die ihm im Weg waren. Arbeitete mit der Schulter. Zischte in die Gesichter der Seki, über die bereits ein Glücksschimmer zu huschen schien: Weg da! Laßt mich durch!

Der Turm war zu diesem Zeitpunkt schon nicht mehr unversehrt. Das Dach war eingedrückt. Die Bretter waren aus dem Geländer herausgeschlagen (wahrscheinlich mit dem Fuß). Und der Platz, wo sonst der Wachposten saß, war offen den Winden preisgegeben. Er zog nun den verlangenden Blick der Seki an: Da war er, der Hochsitz! ... Beide Scheinwerfer waren heruntergerissen. Hingen herab, nur von ihren verschlungenen Kabeln gehalten. Wie Augen, die ausgeschlagen (und fast ausgelaufen) waren. Der Wachturm war erblindet. Mit seiner Blindheit (diesem sofort verständlichen Bild des Kummers) erinnerte er Filja möglicherweise an seine eigene Verstümmelung. Vielleicht lockte ihn der Turm damit. Filja stürmte hinein, kletterte hinauf – schnell, schnell! Dorthin, wo sonst immer der Wachposten mit Karabiner und Maschinengewehr stand, für alle sichtbar. Dorthin, wo noch gestern Anschiß und Kugel gedroht hatten, heute aber alles leer war. Dorthin, wo ... auch sein Haufen liegen würde!

Doch auch der Sek auf dem röhrenden Traktor hatte es eilig, den Turm zu rammen.

Zwei Schritte vor seinem Ziel hatte der Traktorfahrer keine Lust, Filjas Absicht zu ergründen. Er wollte auch nichts hören. In seinem Jagdfieber – und ebenfalls gerechten Zorn! Was scherte ihn dieser Pankow! Und was zum Teufel Filja! Er hatte es selbst eilig, den Turm zu rammen, damit man sich für alle Zeiten erinnerte: Er hatte den Turm gekippt. Er allein. Er hatte ihn umgelegt!

Die Seki feuerten den Wettlauf der beiden Vorprescher leidenschaftlich an: Schneller! Schneller! ... Filja und Pankow kletterten auf den schwankenden leeren Turm, und von der Seite her raste der blindwütige Traktor auf ihn zu. Der einäugige Filja sah den Traktor vielleicht nicht. Aber Pankow sah ihn – von ungezähmter Zerstörungswut getrieben, kletterte er immer weiter hinauf, der Traktor war ihm doch schnurz! Alles und alle waren ihm schnurz! Sein eigenes unvergleichliches Leben auch! Pankow war als erster oben, nachdem er den ungeschickt kletternden Filja überholt hatte. Pankow war oben! Schon ließ er seine Hose runter und seinen nackten Hintern leuchten. Mit einem Freudenschrei! ... Und genauso begeistert jubelte die Menge der Seki, als auch der Traktor nicht zurückblieb und in den Turm hineinpreschte. Und als der verfluchte Turm beim ersten Ansturm der Raupen, beim ersten Stoß der stumpfen Traktorschnauze zusammenstürzte!

Filja brüllte auf. Filja flog, steif mit den Armen rudernd, unter dem Bersten der Ständer und Krachen der zersplitternden Bretterverschalung hinunter. Pankow aber fiel nicht. Sein Hintern war zwar nackt, dennoch klammerte er sich mit leopardenhafter Gelenkigkeit fest. Fiel und klammerte sich erneut fest. Fing sich mit den Händen ab, während er fiel, wie ein Turner – und auch als der Turm polternd zusammenstürzte, blieb er obenauf. Auf seiner halb zur Erde gesunkenen obersten Plattform. Hielt sich! ... Der Staub setzte sich, und die Seki erblickten den erschrocken unter den Brettern hervorkriechenden Filja. Der sich bald an den Kopf faßte, bald die Hand auf sein einziges Auge legte (die Idee war ihm vergangen). Dafür wurde Pankow, als er aus dem Staub auftauchte, mit neuem Freudengeheul von den Seki empfangen. Pankow war auf dem Platz des Wachpostens geblieben – auf dem Turm obendrauf. Er schrie allen zu: »Oho-hoo! ... Oho-o!« Stand feierlich aufgerichtet da. Zeigte seine zerrissene Häftlingsbluse und darunter seinen blutig gestreiften Rükken. Und noch tiefer seinen nackten weißen Hintern mit den verzweigten Hautabschürfungen. Er war nicht vom zerberstenden Turm gesprungen, nein! Er hatte gar nicht daran gedacht, zu springen. Auf dem Kampfplatz des Wachpostens, schon halb am Boden liegend und ziemlich verletzt, vollbrachte der Sek seine große Geste. Hockte sich hin und preßte geräuschvoll seinen Kot auf den Holzbelag. Auf die Plattform. Von der jahrzehntelang das Maschinengewehr mit seiner Mündung heruntergeblickt hatte. Von der aus das Auge des Asiaten den Todesstreifen entlang der Pfosten und des Stacheldrahts überwacht hatte.

»Hur-raa!« brüllten die Seki.

Es war vollbracht. Afonzew, Derewjago und Gussew, die dabeistanden, rissen schreiend die Münder auf. Wie das bei den mittleren Seki so ist, die das Zeichenhafte der Idee nicht gleich begriffen hatten, spürten sie nun plötzlich ebenfalls die Kraft und Energie dieser Geste.

»Hurra! Hurra!« schrien die Seki jetzt alle wie aus einem Mund.

Zwei namenlose Seki rannten zu dem abgesackten Turm, knöpften sich im Laufen eilig die Hosen auf und ließen sie runter. Sie wollten auch dorthin. Und ihren Haufen hinterlassen. Den Augenblick des Sieges feiern.

Diese, andere und auch dritte – sie bedeckten nicht nur die hohe Aufsichtswarte mit ihrem Kot. Sie markierten diesen Ort. Stempelten ihn ab. Sie wollten nicht, daß ihr Schmerz und ihre Pein vergessen würden. Mitsamt den vergrabenen Toten. Den Wachtürmen, Pfosten und dem Stacheldraht ... Unter den dürren Hintern der Seki türmte sich in hektischer Eile der Kult ihrer Leiden. Dicht auf den Fersen der sich selbst zerstörenden Zeit. Ach, ihre Haufen und Häufchen erreichten bei weitem nicht die ehemalige Höhe des Turmes! Doch nun steigerten sie ihre Anstrengungen ins Ungeheuerliche.

Gestern hatte es Bohnen gegeben. Es waren welche geliefert worden, sie hatten für alle gereicht. In dem heißen Fraß mit Bohnengeschmack war die Erinnerung an frühere Suppen hochgekommen – eine jahrzehntelang verwehrte, unglaubliche Speise! Sie schmeckte nach Sonne. Nach Kindheit und dem satten Süden Rußlands. Sie aßen sie gierig am Morgen. Verschlangen sie zum Mittagessen. Naschten zwischen den Mahlzeiten davon, wenigstens ein Löffelchen oder zwei. Dafür verkrafteten sie die schrundigen Mägen heute nicht. Alle hatten fürchterlichen Durchfall. Das verstärkte nur ihre historische Chance, zu markieren und zu besudeln. Mit besonderer Rachsucht hockten sich die Seki ins verbotene Gras entlang des ehemaligen Stacheldrahts. In Kauerstellung, die Hosen festhaltend, verteilten sie sich über das Lagergelände, wagten sich immer tiefer hinein. Schritt für Schritt (mutiger werdend!) kackten sie vor der Wache. Vor dem Schiso – dem »Lazarett«. Vor dem Eingang zur eigenen Baracke. Sie hockten sich vor aller Augen hin, sogar auf dem Appellplatz, wo sie sonst angetreten waren. Beeilten sich … Wer weiß? Vielleicht würde sich ihnen nach dem hemmungslosen Wüten eine noch größere, unermeßliche Befreiung eröffnen.

Kaum verspürte Afonzew den Druck im Darm, hockte er sich ebenfalls genüßlich hin. Wieder und wieder. Hier und dort. Um zu vergessen und sich zu erleichtern. Mit den anderen zusammen, wo auch immer, sogar auf dem Appellplatz! Sogar auf dem geheiligten Fleckchen mit den Pusteblumen direkt unter den Fenstern des getürmten Lagerkommandanten! Auch er schlug sein Wasser ab. Schrie auf, während er sich erleichterte. Jubelte. Und drehte das Gesicht nach rechts und links, zu den Seki (den ehemaligen Seki), die neben ihm kauerten. Die schrien zur

Antwort ebenfalls freudig auf, während sie angestrengt drückten. Grinsten mit ihren zerschlagenen, fast zahnlosen Mündern.

Es bekümmerte sie nicht, daß die umgestürzten Pfosten und der plattgewalzte Stacheldraht ihre Pfosten und ihr Stacheldraht waren. Daß die Erde ihre Erde war. Hier war auch ihr Schmerz. Hier war ihre Erniedrigung. Mögen hier noch andere nach uns leben, wir besudeln jetzt alles. Wir scheißen. Erleichtern uns – und erleichtern damit das böse Gedächtnis. Soll hier doch unser denkwürdiger Bohnennachlaß überall rumliegen (als ewige Hinterlassenschaft von uns). Soll er doch alle belästigen. Die ganze Umgebung verstänkern, kilometerweit. Uns doch egal ...

Hier und dort saßen Menschen. Hier und dort schimmerten ihre nackten, ausgemergelten Gesäßbacken bläulich (um nicht zu sagen weiß). Entlud sich ihr Kot in flüssigen Strahlen. Und Pankow, der nach Konjas Tod die Anführerrolle vom dummen Ljam-Ljam übernommen hatte, krakeelte herum. Schrie seinen Leuten aus Baracke eins zur Ermunterung und Einigung zu:

»Los, los, Männer! Legt euch ins Zeug!«

Sie hockten da wie die Adler und schrien einander zu.

Eine geglückte Liebesgeschichte

»Engpaß! Engpaß! ... Der ist doch
übergeschnappt! ...
Was will er eigentlich sagen?«

*Aus einem Lesergespräch über
die Erzählung »Das Schlupfloch«*

Im vorgerückten Alter ... Weiser und schon deutlich grau geworden ... Was empfindet eine Frau, die ihr Leben lang nur einen einzigen Mann geliebt hat? ... Nichts. Gar nichts. Jedenfalls empfindet sie, Larissa Igorjewna, nichts Außergewöhnliches. (Hadern mit dem Schicksal? Nein. Nicht die Spur.) Immerhin war sie lange verheiratet. Mit einem anderen Mann. Jetzt lebt sie allein. (Geschieden.) Schon lange.

Aus der Ehe hat sie eine Tochter. In der Beziehung hat sie Glück gehabt! Eine gutes, nettes Mädchen! Schon erwachsen, aus dem Haus gegangen. Ärztin. Lebt und arbeitet in Rjasan.

Tartassow, dem gegenüber Larissa Igorjewna einmal angedeutet hatte (im Gespräch): mein ganzes Leben liebte ich ... reagierte mit einem Lächeln, lebhaft und spitzzüngig:

»Die geglückte Geschichte einer großen Liebe ist eine große Seltenheit! ... Aber sie wäre möglich. Durchaus!«

Das heißt, bei ihm, einem schreibenden Menschen, wäre sie möglich. Tartassow rechtfertigte sich damals noch mit der Ausflucht (wie üblich): sie wäre möglich. Aber die Literatur liege im Sterben ... leider!

Larissa Igorjewna, die ihre Einsamkeit still genoß, verließ den Asphaltweg und ging auf der Erde weiter. Wie herrlich! Links vom Weg immer geradeaus. (An den Linden vorbei.) Durch das raschelnde Laub.

Hoppla? Was war das? … Larissa Igorjewna erblickte einen Riß in der Erde. Direkt vor ihren Augen. Einen ganz normalen Riß, nicht tief, der dunkle Boden war darin kaum zu sehen. Doch ein überraschender Vergleich machte sie plötzlich betroffen: Sie dachte, daß dies … daß dies der Schoß ihrer Mutter sei. Du liebe Zeit! Was für Gedanken! … Larissa Igorjewna erschauerte. Wollte sie der Aberglaube erschrecken? … Wieso stieß ihr das zu? Und warum ausgerechnet heute?

Metaphysische Tiefe, dort ist unser aller Ursprung, hätte Tartassow gesagt. Mit einem Lächeln … Natürlich, die Tiefe. Wer wollte das bestreiten! Sie, Larissa, hatte sich mit der schreibenden Zunft mehr als ihr guttat abgegeben. Die Schriftsteller (und auch er) hatten ihre Seele zu sehr mit Metaphern gedrillt. Mit bildlichem Denken! Die scheuten vor gar nichts zurück, nicht mal vor dem Mutterschoß. Mistkerle!

Sie machte sich auch selbst Vorwürfe. Wegen der Vergangenheit … Umgang färbt ab.

Ihre Augen wanderten indes weiter über das Gras, die Erde. Die Augen suchten nun schon von allein nach diesen zeichenhaften, erschreckenden Rissen. Mit einer Kraftanstrengung löste Larissa Igorjewna den Blick von der Erde. Schaute starr geradeaus … auf die Fenster der nächststehenden Häuser. Ausdruckslose Fenster in den fünfgeschoßigen Mietskasernen.

Tartassow wirkte sympathisch auf dem Bildschirm. Allerdings nicht mehr ganz jung … gut gekleidet, Krawatte. Er moderierte die anspruchsvolle »Unterhaltung beim Tee«. (Ein Schriftsteller im Fernsehen.) Gediegen und kultiviert. Zum Beispiel mit dem berühmten Komponisten … Na, zumindest mit dem abstrakten Kleckser, der gerade in Mode war!

Tartassow hielt seine berühmte hinterhältige Frage stets als Trumpf zurück. Stellte sie auf dem Höhepunkt der Fernsehunterhaltung. Unter vier Augen … Millionen Fernsehzuschauer sahen in diesem Augenblick den Tee in der Tasse dampfen. In beiden Tassen. Der geladene Gast, ein Musiker oder Maler, hatte sich entspannt und wiegte sich schon im Glauben, daß im Fernsehen doch nicht alles so ekelhaft politisiert werde. Daß man also offen reden könne. Sich würdig und klug ausdrücken … Der prominente Gast streckte bereits ganz gelöst und zutraulich die Hand nach dem Konfekt aus. Nach dem Schälchen mit den Schokotäfelchen … Und in diesem Augenblick fragte ihn Tartassow:

»Aber antworten Sie doch endlich ohne Umschweife: Ging es Ihnen (Ihnen persönlich) früher schlechter – oder geht es Ihnen heute schlechter?«

Das war eine Überrumpelung.

Die Wahl zwischen zwei Alternativen ist immer hart. Und um so härter, je weicher der Gast ist. Wie sollte er auch treffend antworten? … Sagte er, daß es sich zu Zeiten der ›Kommunalkas‹ besser gelebt habe, dann wäre das zweifellos die Unwahrheit. (Und dumm dazu.) Aber mit dem heutigen Leben zu prahlen wäre ebenfalls unpassend. Ungehörig. Vor den Augen von Millionen Mitbürgern. Vor den Augen darbender Ärzte, Lehrer ...

Das Gesicht des Gesprächspartners zeigte das ganze Spektrum der Verwirrung. Ein Geflimmer sämtlicher Schattierungen ... Die Aufregung, wie man das Unaussprechliche aussprechen soll. Auch die Hand wußte nicht, was sie mit der soeben genommenen Schokolade machen sollte. Und Tartassow wartete lächelnd, mit sanftem Blick. Schwieg – verstärkte die Pause.

Die Zuschauer kannten die heikle Frage natürlich schon. Wie sie auch die Sprachlosigkeit des Befragten kannten. (Das ist ganz nach unserem Geschmack. Es mag belanglos, armselig, eitel sein ... Hauptsache, es ist unterhaltsam. Wir sind ja selbst belanglos, was soll's!) Millionen, mindestens, fieberten schon vor den Bildschirmen. Kosteten die Situation im voraus aus ... Aber es ist doch nicht schlecht, wenn der Zuschauer mitfiebert! Die geladene Berühmtheit langt forsch nach dem Schokostückchen, will gerade das braune Täfelchen nehmen (Großaufnahme), da kommt die Frage:

»Na? ... Früher – oder heute?«

Die Berühmtheit ist vor den Kopf gestoßen, stammelt etwas Unverständliches. Erinnern wir uns, wie vorigen Dienstag der Pianist herumgedruckst hat. Dieser hagere. Mit den hellhäutigen Wangen des Rotschopfs! Nein, diese Verwirrung! ... Wir sind Kinder. Wir sind kleine Jungs, und der Fernseher ist unser Bauklotz. (Schade, ein bißchen zu groß, eignet sich nicht als Handschmeichler.)

Selbstverständlich wurden nur berühmte und eingebildete Persönlichkeiten zum »Tee« geladen. (Ebenfalls Kinder, nur herausgeputzt.) Da sie zu sehr mit sich selbst beschäftigt waren, hatten sie die Schlappen der anderen im Fernsehen nicht mitbekommen. Und wußten nicht, daß sich die Frage wiederholte. Und wie Kinder in Sonntagskleidern stolperten sie über ein und denselben Stein und schlugen sich das Knie auf. Tartassow, gleichfalls ein Schelm, lächelte. Früher? Oder heute? ... Antworten Sie bitte. Antworten Sie. Und keine Ausflüchte!

Diesmal streckte der Bildhauer P seine Hand (Pranke) nach den Süßigkeiten aus, als ihn die ewige Frage ereilte. Und geriet ebenfalls in Verlegenheit. Wie alle, die hier zuvor saßen. Wie alle, alle, alle ... der Ärmste ... Er wurde sogar laut.

Wenn Tartassow seinen Zuschauern die lang erwartete Pause der Konfusion (ihre schalkhafte Genugtuung, die ihnen zustand) gegönnt hatte, beeilte er sich sofort, seinem Gegenüber aus der Patsche zu helfen. Seinem Gast beim Tee! Seinem guten Freund! ... Tartassow ermunterte ihn jetzt, half ihm, wieder Oberwasser zu bekommen: Schon gut, ich weiß ja, wie es früher war! ... Man litt unter der Gängelung. Man litt unter der Zensur. Wie soll ich das nicht wissen! Auch ihr Bildhauer habt euer Fett abgekriegt. (Genauso wie wir, die wir Geschichten und Erzählungen geschrieben haben. Wie alle, alle, alle ...)

»Uns Schriftstellern«, erinnerte Tartassow (die Zuschauer), »haben die Zensoren Zeilen, ja ganze Seiten aus den Texten gestrichen. Sogar einzelne Kapitel! Und wie

war das bei euch? … Hat man bei einer Statue das Feigen-
blatt vergrößert? Oder den aristokratischen griechischen
Busen gerundet? … Oder haben diese Herren (Pause)
euren Venusstatuen die Arme abgeschlagen?«

Der Bildhauer verstand es leider nicht, den angebote-
nen scherzhaften Ton aufzugreifen.

»M-mm«, stammelte er, wie zur Belustigung.

Dabei war es eine Livesendung, da wird nichts korri-
giert und geschnitten.

Einen Menschen in Verlegenheit zu bringen bereitet
keine große Freude. Kaum war er den Bildhauer losge-
worden und allein, fiel Tartassow in sich zusammen: Mit
jeder Sendung, in der er seine Frage nach der Vergangenheit wiederholte, bedrängte ihn der Gedanke an die
Vergeblichkeit menschlicher Bemühungen stärker. Die
Stummheit der anderen rächte sich und bedrückte nun
ihn selbst …

Genau! Die Verwirrung des Gesprächspartners prallte
gleichsam an etwas sehr Hartem (der vergangenen Zeit?)
ab und schnellte zurück, trübte die eigene Seele. Wie ging
es ihm, Tartassow, denn früher? … Und wie ging es ihm
heute? (Er war verbraucht und erschöpft, schrieb keine
einzige Zeile mehr. Hatte den blöden Spitznamen »Tee
mit Konfekt« bekommen.) Um sein Leben zu rechtfertigen, schimpfte Tartassow auf die alten Tage, auf die Re-
dakteure und Kritiker, allesamt Würger – die ganze
Meute (und das Alter) hatte sein Talent allmählich zugerichtet (abgetötet), und jetzt? … Genau! Dieselbe Frage.

Und ebenfalls keine Antwort. Als hätte er sich selbst beim Teegeplänkel im Fernsehen ertappt (in die Falle gelockt), stieß Tartassow einen Schmerzenslaut aus:

»M-m. M-m.«

Er verließ das Studio und suchte kurz das schäbige kleine Café auf. Am Ende der Straße ... Ja, ja, mit den Süßigkeiten in der Tasche, die den Zuschauer vom Bildschirm aus gereizt hatten. (Der stammelnde Bildhauer hatte nur ein Täfelchen gegessen. Und sich auch noch daran verschluckt, der Ärmste.) Es hatte sich so eingespielt, daß die Herren Fernsehmacher beim nächsten Gespräch die Thermoskanne mit frischem Tee füllten und frisches Konfekt auf den Tisch stellten. Unverpackte Schokolade wird schnell alt und bekommt einen weißen Belag. Wie Bronze Patina. Nicht auf dem Tisch liegenlassen. Man hatte Tartassow gewarnt.

Und ihm zu verstehen gegeben – nimm doch die Schokolade mit. Und verzehre sie, mit wem du willst. (Kein großer Reibach. Und ein trauriger dazu.) Hier im Café trank Tartassow zunächst einen Wodka und hielt sich dann, innerlich ruhiger geworden, wieder an den Tee. Trank eine Tasse nach der anderen. Allein. Und dachte, dachte ... an nichts. Verlor sich in Gedanken immer weiter in die Einsamkeit und stopfte ein Schokoladestückchen nach dem anderen in den Mund.

Natürlich war er froh, daß sich die Zeiten geändert hatten. Daß das Leben hurtiger, reicher und bunter geworden war! Und daß die Frauen zum Beispiel keine Zensorinnen mehr waren (in jeder Hinsicht). Ja, es war besser, aber ... aber wie stand es um ihn persönlich? ... Dieses unersättliche »persönlich«! Vermag denn ein lebendiger Mensch das Persönliche in der Vergangenheit mit dem Persönlichen in der Gegenwart zu vergleichen? Und auf welche Weise?

Es gibt keine Zensur mehr, aber die Jugend ist auch dahin. Und wie soll er bitte schön wählen? ... Ja, ja, es gibt weniger Kommandos von oben und weniger Schlangen vor den Geschäften. Aber auch weniger Geschmack am Leben (und Haare auf dem Schädel). Man wird eben alt. Ist es bereits. Vergleich hin oder her! Bleibt nur noch, daß man impotent wird, und ab mit dir ... höchste Zeit! (Zum alten Eisen.)

Er warf sich noch ein Schokotäfelchen in den Mund. Seine Stimmung wurde einfach nicht besser. Aber die Farbe der Schokolade erinnerte ihn plötzlich an Lippen. (So was kommt vor.) Vielleicht lag es am satten Kolorit. Oder vielleicht sah er sie auf Lippen schmelzen? Larissa? ... Larissa Igorjewna. Könnten wir bei ihr Ruhe finden?

Er sollte sich heute ein wenig entspannen. Den Feierabend genießen ...

Er grinste: »Das Konfekt wird sie sicher wiedererkennen.«

Er steckte die Schachtel erneut ein. Zwei Drittel der Schokolade waren noch drin. Die schmeckte nicht schlecht ... Larissa würde sie zu schätzen wissen.

Tartassow, seit langem Witwer, rief seinen Sohn an, erreichte ihn noch im Büro. Sagte, daß er heute etwas später nach Hause käme.

Nachdem sich Tartassow endlich aus dem unterirdischen Geflecht der U-Bahn herausgearbeitet (gleichsam daraus befreit) hatte, ging er die kaum belebte Straße entlang. Ohne nach rechts und links zu schauen. Er war betrübt ... Die Literatur lag im Sterben! Noch ein, zwei Jahrzehnte, und sie ist mausetot, klarer Fall. Kein Silberstreif am Horizont ... Aber was, wenn er auch hier, in seiner Seele, einer Täuschung aufsaß? Einer trügerischen Psychologie des Untergangs und Endes? (Einer verzeihlichen, da menschlichen.) Was, wenn nicht *sie* im Sterben lag, sondern *er*? Mhm ... Vielleicht war es gar nicht sie, die zu Ende ging. Vielleicht war er, Tartassow, mit seinem Leben am Ende?! ... Der Gedanke versetzte ihn in Erstaunen. Der Gedanke war viel klarer und einfacher, aber auch bitterer! Und schmerzhafter! ... Tartassow ging immer weiter. Ohne auf den Weg zu achten. Die Beine trugen ihn von allein ans Ziel. Wie es die Beine eines treuen, unermüdlichen Pferdes getan hätten.

Vor seinen Augen stand der alte Wohnblock aus der Chruschtschowzeit (wie doch unsere Zeit verfliegt!). Fahl und keineswegs einladend. Aber da: Das Erdgeschoß des Hauses war frisch gestrichen! Und auch der Eingang war picobello sauber. Die Haustür schmückte die schrille Aufschrift: ALLES WIE DAHEIM ... Um diese Hauptzeile rankte sich ein Feld aus kürzeren Zeilen in kleinerer, bunter Schrift: WASCHEN, BÜGELN, REISSVERSCHLUSS EINNÄHEN ... KNÖPFE ANNÄHEN ... FRISCH GE-BRÜHTER KAFFEE ... und in der Diagonale las er eine ganz neue, fröhliche Aufschrift: SPIELE SCHACH.

Aus dem Fenster vor ihm müßte jetzt gleich Larissas Gesicht herausschauen und aufstrahlen. Ihr gealtertes und immer noch liebes Gesicht ... Aber das Fenster blieb leer. War sie ausgegangen?

Dafür war im Fester daneben der Vorhang offen. Tartassow trat näher heran. Als er davorstand, stellte er sich – hochgewachsen, wie er war – auf Zehenspitzen und schaute hinein: Raja ... halb ausgezogen ... Sie brütete wohl wieder über einem Kreuzworträtsel. Kratzte sich nachdenklich mit dem Bleistiftstummel hinterm Ohr.

Im dritten Fenster wurde Tartassow erkannt – als Galja sein Gesicht erblickte, rannte sie zum Fenster ... Ja, Galja im leichten Morgenrock. Und hinter ihrem breiten Rjasaner Rücken offenbar Ljalja. Beide schüttelten den Kopf:

»Nein. Larissa Igorjewna ist noch nicht wieder da ...«

Das sah er auch selbst.

Hinter dem Chruschtschowblock standen Pappeln in einer Reihe, die ihm ebenfalls vertraut waren. Dort befand sich eine Bank (es war egal, wo er wartete). Aber auch die Bank wählte er heute nicht optimal. Als er sich setzte, schoß ein klapperdürres Wesen unter seinen Füßen davon. Ein erschrockener Straßenköter. War wohl unter der Bank eingeschlafen.

Tartassow bedauerte, daß er den Köter verjagt hatte ... Ein Windhauch trieb orange Blätter über den Asphalt. Sie scharrten leise. Wieso gerade jetzt! Tartassow betrachtete sie. Jedes umhergewirbelte Blatt bekam eine traurige, herbstliche Bedeutung.

Am Rand des Asphalts das kurze Gras einer Wiese. Es war hier und dort aufgewühlt. Und die Vertiefung dort in der Erde sah aus wie ein Mauseloch. In dieses Loch (kindlicher Wunsch) hätte er sich gerne hineingeschraubt und darin versteckt. Aha! ... Wenn Larissa nun mal nicht hier und jetzt (in der Gegenwart) war, dann könnte Tartassow, wenn alles gutging, doch in der Vergangenheit mit ihr zusammentreffen. Vielleicht.

Er starrte auf das Loch und begann sich in Gedanken hineinzuschrauben. Langsam, ohne Eile ... Tartassow zwängte sich immer weiter hinein, zog die Schultern ein. Es kratzte. Dort, in dem Engpaß, sauste und pfiff es. Tartassow wurde unaufhaltsam fortgerissen. Mit immer höherer Geschwindigkeit flog er zurück, in das bereits gelebte Leben.

Er fand sich wieder vor einem Haus – wieder vor einem fünfgeschoßigen Bau, der jedoch keineswegs abgewohnt war. Es war kein grauer Wohnblock, sondern ein schönes, prachtvolles Gebäude in gediegener alter Ziegelbauweise. (Fünf Etagen, aber nach heutigem Maß neun.) Und nicht am Stadtrand, nicht an einer entfernten Metrostation, sondern im Zentrum gelegen. Aber wie dämlich hatte es sich gefügt – Tartassow wartete wieder auf sie!

Der Engpaß garantierte und versprach eben keineswegs, daß man auf den Punkt genau landete. Vergangenheit ja, aber nicht auf besondere Bestellung. Wo er auch hinauskatapultiert wurde – es war immer gut. (Wie ein Schuß. Der Schütze schoß indes im Nebel.)

Tartassow schlenderte vor dem Haus auf und ab, langweilte sich, aber er war noch jung! Etwa dreißig! ... Er rauchte vor dem Eingangstor. Tartassow rauchte damals noch viel mehr als heute. (Er war ja auch noch viel gesünder.)

Aber da kam sie ja gelaufen – sie eilte, sie flog! Larissa in der leichten, flauschigen Ohrenmütze, es war Winter! Das unter der Mütze hervorquellende Haar ebenfalls wuschelig. Sie beeilte sich ... Larissa preßte das Manuskript im Aktendeckel gegen ihre Brust. Kein sehr dickes (eine Erzählung), die (weißen) Bindebänder kringelten sich, flatterten im leichten Winterwind.

Sie rannte, sah ihn nicht. Er rief – Larissa!

War sie auch Zensorin und streng (sehr streng), so war sie doch auch Frau – und liebte! Und strahlte! ... Wie sollte sie nicht strahlen, als sie aus dem Gebäude der Zensurbehörde herausstürmte, wie aus einem Schlund (mit der Erzählung in der Hand). Aus dem Tor des alten fünfgeschoßigen Hauses mit den mächtigen, symbolträchtigen Gittern. (Es fehlten nur noch die Löwen vor dem Eingang.)

»Ja! Ja! Ja!« rief sie aus und lag in seinen Armen.

Jung, wie sie war, sprach sie auch jung, verschluckte sich fast. Die Erzählung, seine wunderbare Erzählung, sei ungekürzt durch die Zensur durch. Hurra! Seine raffinierte Geschichte mit der versteckten Kritik (mit den liberalen Entgleisungen) sei durch ... Diese Erzählung ... Sie hatten so um sie gebangt, aber sie sei durch, gestattet, hurra! Und der ganze Kleinkram (diese ganzen ungebührlichen Andeutungen) sei ihrem Gutdünken überlassen. Ihrem, Larissas, persönlichen Gutdünken, also Sieg. Ein Stein vom Herzen ...

Sie gingen, trunken vor Freude. Tartassow, jung, hatte den Arm um sie gelegt, leicht und unbeholfen, er spürte das Herz klopfen und trieb zur Eile an. Ich habe so lange auf dich gewartet! Wir fahren nach Hause ... da ist er schon, dein Bus, Larissa (zum Teil schon unser Bus). Los, schnell zu dir nach Hause.

Doch an der Bushaltestelle erschien höchst ungelegen ihr Kollege, also auch ein Zensor. Wollte ebenfalls heim. Wie Larissa hatte er gerade Feierabend gemacht. Larissas Lächeln war verschwunden, sie preßte die Lippen schmal zusammen. Und stieß ihn weg ... Tartassow trat zurück. (Ein anderer Mann? Als Mann spielte er keine Rolle, aber als Zensor. Mit Erfahrung. Und einer Aktentasche voll Erzählungen und Geschichten.) Er hätte Tartassow erkennen können. Und natürlich morgen etwas sagen, melden, denunzieren (wenn auch aus Versehen). Ihren persönlichen Kontakt zu einem Autor. Ihren engen Kontakt. Das wäre ein Vernichtungsschlag für die Erzählung. Mit Donnerhall auf allen fünf Etagen ... Und auf Larissa. (Sie würde entlassen ... Und dann? Wie ginge es mit ihrer Liebe weiter?) Wie lange würde ihr Tartassow noch die Freundschaft halten, wenn sie ihren kostbaren Posten verlöre? Eine existentielle Frage, nicht wahr; auf die es keine Antwort gab.

Einst hatte Tartassow, als er sie zum erstenmal küßte, scherzhaft gefragt, und Larissa hatte ihm ehrlich geantwortet, wo sie arbeitete und was sie machte. Welchen Beruf sie ausübte – er konnte es gar nicht glauben. Das gab es nicht. Das war wie ein ehrlich gemeinter Anruf am ersten April. Das war wie Manna. Ein grandioser Zufall hatte sie zusammengeführt! …

Jetzt verschwand Larissa, seine Erzählung hütend (und ihren trefflichen Arbeitsplatz schützend), im Bus. Fuhr davon, während sie mit diesem verschrumpelten Typen quatschte – mit ihrem Kollegen. Beide hatten den gleichen Weg. Sie hatte Tartassow noch ein Zeichen geben können, daß er nicht weggehen solle. Daß er den nächsten Bus nehmen und sie dann einholen solle – die Haltestelle kenne er ja. (Und auch ihr Haus kennt er gut.) Er sah alles ganz deutlich. Sie hatte das Wichtigste noch immer bei sich: seine Erzählung, die die Zensur passiert hatte. Gegen die Brust gepreßt. Mitsamt der Handtasche. Sollten sie ruhig fahren: mitsammen!

Tartassow schritt glücklich hinter dem Bus her. Wenn es vorwärtsgeht, kommt man auch ohne Verkehrsmittel voran. Wenn es geklappt hat … So leicht und schnell! Er rutschte beim Gehen im Schnee aus. Manchmal knirschte es. Es war Winter.

Und hier war Herbst … Neben dem bemoosten Wohnblock mit dem knallig gestrichenen Erdgeschoß (und dem Lockruf ALLES WIE DAHEIM) herrschte noch immer herbstliches Moll. Das Fenster, hinter dem sich Larissas kleines Arbeitszimmer befand, war immer noch vom Vorhang verhüllt. Tartassow hatte dort schon oft gesessen. Ja, ein kleines Bürochen. Offenes Oberlicht ... Larissa Igorjewna war noch immer nicht da.

Dafür im Fenster nebenan Galja. Schaute hinaus. Musterte die rostroten Herbstbäume und bemerkte über ihnen (über den Kronen) den düsteren Himmel. Bemerkte auch Tartassow.

»San Sanytsch«, rief sie, als sie ihre vollen Lippen abgeschleckt hatte (nach der Tasse Kaffee). »San Sanytsch! Warum kommen Sie nicht rein?«

Dann schrie sie noch:

»Kommen Sie rein. Warum wollen Sie auf der Bank warten!«

Tartassow antwortete etwas zögerlich (sein Geld reichte kaum für einen Kaffee). Und mürrisch: Wann merke sie sich endlich, daß er Sergej Iljitsch heiße! Und überhaupt! ... Überhaupt möchte ich, meine Liebe, mit Larissa Igorjewna sprechen. Über dies und jenes. Und weiter? ... Das sehen wir dann schon.

Galja stammte aus der Rjasaner Provinz; die Leute dort lachen gern und haben eine spitze Zunge.

»Sehen Sie nur weiter ... und übersehen Sie nichts!«

Sie verschwand aus dem Fenster.

Streckte aber aufs neue den Kopf hinaus und schrie:

»Wir haben hier einen Besoffenen. Krasser Typ! Der albert ständig rum, er sei ein Maler ... Pinsel in beiden Händen. So! In der rechten und in der linken – er malt mit beiden Pinseln gleichzeitig.«

Sie lachte. Und hinter ihr lachte wohl Ljalja; die beiden amüsierten sich! ... Zogen den Vorhang zu.

Tartassow wurde trübsinnig.

Er ärgerte sich. Ich sitz hier rum und warte. Aber dort, in der Vergangenheit … (Plötzlich entzückte ihn sein eigenes Leben! Und sein gutes Gedächtnis!) Wieso habe ich da wieder die Hummeln gekriegt? Wieso bin ich nicht gefahren? Wahrscheinlich hätte ich Larissa längst eingeholt. Mit dem nächsten Bus … Wäre schon bei ihr. Hielte sie schon im Arm.

Er spähte aufs neue nach einem Riß aus, einem Spalt im Gras, einem Loch, einem Trichter – jede schmale Vertiefung eignete sich. Er stand von der Bank auf. Schritt umher, suchte die Erde mit nervösem, scharfem Blick ab.

Im raschelnden Laub unter seinen Füßen (Musik des Herbstes) zeigte sich ein Loch, ein Mauseloch. Das kleine Geschöpf war zum Überwintern beizeiten ausgezogen: in den nächsten Keller. Das Loch gehört jetzt uns! Tartassow legte es frei, scharrte mit dem Schuh das Laub weg. Da war es. In Gedanken schraubte er sich hinein … Tief drinnen tauchte der Engpaß auf, Tartassow wurde wieder fortgerissen. Er schrappte über die harten Vorsprünge …

Er wurde immer schneller, das Tempo legte sich auf seine Ohren, in denen es zu pfeifen begann, volle Kraft voraus! (Also zurück. In die Vergangenheit.) Plötzlich zerrte der Fahrtwind an seinen Ärmeln. Die Jackentasche blieb hängen und kam nicht mit dem Rockschoß mit, riß sich von Tartassow los … flatterte als kleiner Fetzen irgendwo hinter ihm im Wind! Im pfeifenden Stillstand der Zeit.

Die Vergangenheit wartet im allgemeinen nicht auf

uns, aber dieses Mal hatte Tartassow Glück. Er landete punktgenau. Was bedeuteten Knöpfe und abgerissene Jakkentaschen! Der ganze Inhalt, Busfahrschein, Kleingeld, alles futsch! Aber Tartassow lag im Bett. Und Larissa neben ihm. Jung ...

Die erste Aufwallung der Gefühle hatte er freilich schon verpaßt. War etwas zu spät gekommen ... Doch die ganze Nacht lag noch vor ihnen.

Der Druck auf Tartassows Ohren ließ nach, legte sich. Und so vertraut tickte nun Larissas Wecker, der auf der Kommode stand, aus der Tiefe ihres Zimmers. Das alte Ungetüm mühte sich, mit der flinken Zeit Schritt zu halten.

»Was bist du denn so kalt? Bist du ausgekühlt? ... Warst du in der Küche?« fragte Larissa Tartassow, der neben ihr lag. Sie wunderte sich.

Ihre Hände bewegten sich liebevoll – aha, daher kam die Wärme, die ihn einhüllte. Die Zärtlichkeit der Berührungen, die eine neue Flutwelle der Sinnlichkeit auslösten. Ach, Larissa! ... Ihre Finger streichelten seine Schultern, seine Brust. Sie wurden zarter und weicher, wanderten tiefer. Bald rechts, bald links postierten sie sich zärtlich (aber nicht gierig) auf seinem kräftigen, flachen Bauch und in seiner Leistenbeuge. Tartassow hielt sich ganz still. Die Finger zogen auf seiner straffen Haut kaum fühlbare, feine Linien ... In der Stille tickte der Wecker laut im Takt seines Herzens!

Die Sehnsucht schwoll an, doch alles hat seine Grenzen. Tartassow konnte sich nicht mehr beherrschen. Er packte sie plötzlich an den Händen, den Fingern. Die Langmut des Mannes schlug mit einem Mal in den erwarteten Gefühlssturm um. Lag darin die Wahrheit jener Augenblicke und ihrer Hände? ... Dann folgte ruppige, nun schon undifferenzierte Leidenschaft, lang und überwältigend, danach fielen beide in einen traumlosen Schlaf.

Doch am nächsten Morgen erinnerten sich ihre sinnlichen Finger, die alles vergessen hatten, wieder an alles. Diese Klarheit! (Um dieser besonderen Klarheit im Gedächtnis willen war Larissa möglicherweise etwas früher aufgestanden, allein. Sie saß am Tisch und las. Im leichten Morgenrock.) Tartassow lag selbstverständlich noch im Bett. Schlief den Schlaf des Intellektuellen. Lümmelte in den Kissen und brachte die Augen nicht auf ... Larissa trank den schwarzen Kaffee in kleinen Schlucken, sie arbeitete an seiner Erzählung. Mit eiserner Hand (mit derselben, denselben Fingern) tilgte sie das lebendige Leben aus seinem Text. Und zugleich natürlich die leichtfüßige Schönheit der einen oder anderen Zeile, die ihr unterkam. Sie sprach vor sich hin:

»Verzeih, Lieber. Das geht zu weit.«

Der Absatz wurde mit einem mikroskopisch kleinen Schluck Kaffee hinuntergespült. Erneut preßte sie die feinen Lippen aufeinander und wiederholte:

»Und das geht auch zu weit!«

Die gestern so zärtliche Hand strich Zeile um Zeile mit dem fetten Rotstift des Zensors durch.

»Hör mal zu!« Tartassow richtete sich im Bett ruckartig auf.

In jähem Zorn empörte er sich, schrie die liberalen Gewagtheiten heraus, an denen sie Anstoß nahm. Sie hingegen saß in sich gekehrt am Tisch, ohne ihm zuzuhören (ohne ihn auch nur zu hören). Im leichten Morgenrock ... Und ließ die Augen weiter über den Text wandern.

Sie hob nicht einmal das Gesicht. Und der verschlafene Tartassow verstummte alsbald. Seine verletzte Seele fügte sich, als sie eine nüchterne Berechnung angestellt hatte. Auf der Seite waren lediglich vier Zeilen, ob gute oder schlechte, durchgestrichen. Und noch fünf oder sechs Wörter. Glück gehabt! Nicht das Unglück beschreien! Was war er doch für ein Glückspilz, schlief mit der eigenen Zensorin und wollte sich noch entrüsten! Er hatte offenbar schon vergessen, wie ihm (und allen anderen) ganze Seiten und Kapitel weggestrichen wurden.

Er saß im Bett, und sie strich durch.

»Aufgewacht? ... Gleich, Lieber! Gleich kommt der Kaffee.«

Jung war sie, lachte morgens wie ein Glöckchen. Hell und perlend ... Schon setzte sie sich zu ihm aufs Bett, reichte ihm den süßen, schwarzen Trank in einem Täßchen. Er verbrannte sich die Lippen. Ihr Gesicht neben ihm wechselte alle Augenblicke den Ausdruck – von morgendlicher Freude zu noch größerem morgendlichem Glück. Diese Frau! Tartassow, erst halb erwacht, betrachtete sie wie hypnotisiert. Verstand nicht ...

Er konnte den stumpfen Blick nicht abwenden – nein, nicht von der duftenden Flüssigkeit, sondern von ihrer Hand, die ihm das Täßchen reichte. Von der nicht mehr eisernen, unerbittlichen, sondern plötzlich wieder ermattenden, schwachen Frauenhand. Ja, ja, die sogar unter dem Gewicht des kleinen Kaffeetäßchens zu zittern begann …

Tartassow sann vor sich hin … Wie nun weiter? … Er mußte doch zu sich selbst zurückkehren! (In die Gegenwart.)

Dafür kehren wir zusammen zurück. Endlich ist sie da! Man könnte meinen, daß ich dort (auf der herbstlichen Bank) gewartet habe, bis sie da ist, dachte Tartassow.

Er trank den Kaffee aus, und Larissa nahm ihm das Täßchen aus der Hand. Einen Augenblick fürchtete sie, daß der Intellektuelle einen schwarzen Fleck aufs Bett getropft haben könnte. Beruhigt saß sie jetzt ganz dicht neben ihm, zärtlich.

»Wie pflegst du dich zu konzentrieren?« fragte sie. Zwitscherte wie eine kleine Studentin.

»Wie es gerade kommt.«

»Schaust du in irgendeine Röhre? In ein Loch?«

»Nicht unbedingt.«

Tartassow erklärte, es sei alles Routine und ganz unterschiedlich. Die Schwierigkeiten beim Übergang aus einer Zeit in die andere seien rein technisch – man könne sich einen beliebigen Punkt aussuchen. Meinetwegen im Tapetenmuster! Man stellt sich vor, daß sich hinter diesem Punkt auf der Tapete ein Gang befindet … ein Engpaß. Und ganz allmählich dringt man in ihn ein (in Gedanken). Schraubt sich wie ein Bohrer hinein. Immer tiefer. Und dann flutscht man plötzlich in die andere Zeit ...

»Auf der Tapete? Ein Pünktchen?« Larissa freute sich: Sie wollte es sofort ausprobieren.

Aber sie stach doch mit der Haarnadel ein kleines Loch in die Tapete. So fiel es ihr leichter. Ein kleines Loch – wie ein enger Einstieg, der den Blick wie das Denken irgendwohin in die Dunkelheit entführte.

»Wollen wir?« fragte sie. »Willst du mitkommen?«

Beide betraten, schlagartig gealtert, den vertrauten Wohnblock.

»ALLES WIE DAHEIM« hatte offen ... Die Mädchen verstanden ihr Geschäft. Galja bot dem soliden Herrn sogleich einen Haarschnitt an – flott und modisch; und selbstverständlich Kaffee. Die flinke Raja wusch ihrem Kunden bereits das Hemd. Im heißen Luftstrahl wäre es binnen einer Stunde wieder prima glatt und trocken. Der Kunde legte sich (für dieses eine Stündchen oder eineinhalb Stunden) auf Rajas breites Bett, um sich an Leib und Seele zu entspannen.

In der Diele – sie hatten Larissas Chefzimmerchen noch nicht betreten – äußerte Tartassow seinen sehnsüchtig gehegten Wunsch. (Larissa Igorjewna schloß gerade die Tür auf.) Tartassow räusperte sich und sagte, er hätte heute gerne Ljalja.

Im Büro setzte sich Larissa Igorjewna an ihren Tisch. Sie holte zwei elegante Gläser heraus. Tartassow setzte sich ihr gegenüber. Sie schenkte ihm Mineralwasser ein. Aber ... gab keine Antwort.

»Ich verstehe ... das Geld.« Tartassow runzelte die hohe Stirn.

Die senkrechte Linie über der Nasenwurzel verlieh seinem Gesicht einen angespannten Ausdruck. Warten auf den Gedanken. (Die Fernsehzuschauer kannten diese suchende Falte sehr gut.)

Er wiederholte:

»Das verfluchte Geld. Die Literatur liegt im Sterben ...«

Er spannte seine Stirn immer stärker an, kerbte die berühmte Falte immer tiefer ein. Was die sterbende Literatur hier sollte, blieb ein Rätsel. Aber wenn Tartassow vom Geld zu reden begann, war es immer schwierig, seinen Gedanken zu folgen.

»Ja, mein Freund. Ich verstehe«, sagte Larissa Igorjewna endlich mit einem leisen Seufzer.

Und noch ein leiser Seufzer: Bei seiner derzeitigen Pleite würde es mit Ljalja wohl kaum klappen. Und mit den anderen auch nicht – es sei denn, man könnte die Neue überreden ...

Tartassow empörte sich: Er habe immerhin Geschmack! ... Und brauche keine x-beliebige. Die Unzulänglichkeiten des marktwirtschaftlichen Systems könnten einen Schriftsteller nicht zwingen, sich mit diesen neuen zaundürren Stümperinnen zu bescheiden!

Er wolle Ljalja.

»Erinnere sie, daß ich ein berühmter Mann bin. Ja, man kann sagen eine Berühmtheit.«

»Namen sagen ihnen nichts, sie lesen keine Bücher. Ein Schriftsteller ist für die Mädels ein Niemand. Ein Nichts und Niemand. Du hämmerst uns ja selbst vom Bildschirm aus ein: Die Literatur liegt im Sterben.«

»Ja, das tut sie. Aber ich bin am Leben.«

Tartassow brachte das Gespräch erneut auf die üppige Ljalja. Ein Prachtmädel! ... Eines Tages werde er Ljalja und ihr, Larissa Igorjewna, alles vergelten. Eines Tages werde er Geld haben!

»Dann kommst du eben eines Tages wieder. Leider, Serjoscha. Es geht nicht ... Selbst die Neue wird nicht einwilligen, fürchte ich.«

»Es ist zum Verrücktwerden!«

»Höchstens ...« Larissa Igorjewna ließ kurz die Schultern fallen. Nein, nein, sie wolle sich ihm nicht selbst anbieten. Obwohl manche sie noch interessant fänden ... Eine gealterte Frau zieht einen müden (vom Leben ermüdeten) Mann nicht an. Noch dazu vor diesem aufregenden Hintergrund wie Ljalja oder Galja. Nicht sich als die gealterte Frau von heute, sondern als die vor dreißig Jahren. In der Vergangenheit ...

»Was?«

»Also höchstens ...« Larissa Igorjewna brach mitten im Satz ab: nein ... Gleich würde Tartassow aufbrausen. Sich querlegen! Sollte er sich etwa schon wieder in die vergangenen Jahre hineinquetschen? Wieder in der Zeit hin- und herrasen?

Da erklang plötzlich lautes Gezeter. Irgendwo in der Nähe ... in einem der Zimmer nebenan.

Larissa Igorjewna stand sofort vom Tisch auf.

»Entschuldige, mein Lieber. Die Arbeit. Das ist bei ihr ... bei Alla.«

Larissa Igorjewna – und im Schlepptau der noch immer mißmutig knurrende Tartassow – gingen zu den Zimmern. Betraten auf Anhieb das, in dem das Geschrei der rothaarigen Alla gerade verstummt war.

Sie hatte den Kunden bei sich, der sich als zeitgenössischer Künstler ausgab. Der junge Spund war eigentlich ganz sympathisch. Allerdings ein Großmaul und zu betrunken. Im dreiteiligen Anzug (obere Hälfte) und Bermudashorts (unten) ... Er bemalte Alla und hielt tatsächlich in beiden Händen hartnäckig die Pinsel fest, deren Spitzen mit Farbe getränkt waren – Blau und Gelb. Alla, nackt und überall bemalt, stieß ab und zu Protestgeschrei aus: Sie friere! Ihr sei kalt!

»Eine Performance ...«, sprach der junge Künstler. Mit weichen Linien (zärtlich und sinnlich) hatte er auf Allas Hinterbacken je einen Vogel gemalt und wollte jetzt wohl nur den Farbton verstärken. Lebensechtheit sei die Seele einer Performance. Die Idee, so versicherte der Maler Tartassow, bestehe darin, daß die auf die Hinterbacken gemalten Vögel bei den intimen und immer heftiger werdenden Bewegungen lebendig würden und sich bald trennten, bald annäherten. Und miteinander schnäbelten.

»Le-b-bensechtheit ...«

»Ausgeschlossen. Das geht zu weit.« Larissa Igorjewna unterbrach ihn streng.

Alla fühlte Rückenstärkung und zeterte wieder los: Die Farben kühlten ihren Hintern aus.

»Ja, ja, das geht zu weit! ... Mir ist eiskalt! Ich friere wie ein Schneider!«

»Ungeheuerlich!« Larissa Igorjewna zeigte auf die Farbrinnsale, die von Allas Hinterbacken herabliefen. Die Beine hinunter bis zu den Fersen.

Das junge Bürschchen war so betrunken, daß es nicht ganz verstand, was Larissa Igorjewna sagte, vermutete aber, daß sie zu seinen Gunsten sprach (der Kunde ist immer König), und trat noch näher an Alla heran. Beugte sich zu ihrem linken Oberschenkel hinunter. Schwenkte beide Arme (beide Pinsel) und malte gekonnt zwei turtelnde Vögel.

»Dreh dich um, Mieze«, bat er, sogar mit einer gewissen Zärtlichkeit.

Trotz allem, der junge Künstler zeigte Wagemut. Ihn verlangte, das ewige Geheimnis zu ergründen. (Er malte zwei Tauben auf die Schenkel der bescheidenen, stillen Hure.) Was ist denn dabei? dachte Tartassow, der die jungen Künstler stets ermutigte. Schnabel an Schnabel. Ein inniger Taubenkuß! Sobald sich die Schenkel bewegen ...

»Ungeheuerlich! Ich verbiete das – Schluß! Schluß!« schrie die gealterte Zensorin und schob sich zwischen den jungen Mann und Alla.

Doch der begriff nicht.

Da rannte Larissa Igorjewna mit versteinertem Gesicht in die Diele hinaus. Und war im Nu wieder da, mit einem nagelneuen Eimer voll Wasser.

»Was ist das für Wasser?« fragte Larissa Igorjewna drohend in die Runde (als sei das wichtig).

Und schüttete (alle schwiegen) den Inhalt auf den betrunkenen Kunden. Verabreichte ihm eine kalte Dusche. Ruhig und professionell. So sind wir eben.

Der gab tropfnaß klein bei. (War noch kein richtiger Künstler.) Da drängten ihn schon die Mädchen, die aus den anderen Zimmern herbeigerannt waren, mit Genickstößen hinaus. ALLES WIE DAHEIM. Vertreibung aus der Heimat, dachte Tartassow. Rasch war der Künstler angekleidet (seine untere Hälfte) und wurde nun mit Ohrfeigen die Treppenstufen hinuntergestoßen, raus, raus! ... Raus mit dir, du Blödmann!

Als er auf der Straße war, blieb das junge Großmaul ein paar Minuten konsterniert vor dem Haus stehen. Fassungslos betrachtete er seine Hände (wo sind meine Pinsel?). Aber dann schwankte er, stockbetrunken, wie er war, und torkelte mit nassen Beinen davon.

Die Jungs aus dem Nachbarhaus rannten hinter ihm her:

»He, Eisbader! Warst wohl im Wasser!«

»Bist wohl ins Klo gefallen. Pfui, du stinkst!«

»Stinksack!«

Möglicherweise brachten die grölenden Kinder (und die klamme Kälte des Wassers auf der Haut) den jungen Mann wieder einigermaßen zu sich ... Er blickte sich um, der verkannte Künstler. Triefend naß. Wedelte auf der Fahrbahn energisch mit den Armen, seine beschmierten Handteller blinkten auf (gelb und blau). Er forderte die Taxifahrer auf, sich eines Menschen in Not zu erbarmen …

Larissa Igorjewna war wieder in ihrem Büro. Nach diesem häßlichen Zwischenfall fühlte sie sich erschöpft. Sie saß am Tisch und betrachtete lange die flinken Sprudelbläschen. Dann die Pralinenschachtel, die Tartassow mitgebracht hatte. Wollen wir Tee trinken? Sie hob den Blick zu Tartassow.

Doch der stand gerade auf:

»Ich geh mal. Probier's … bei Ljalja.«

Und verließ pfeifend den Raum. Machte sich Mut … Larissa Igorjewna wußte jedoch: Fehlanzeige. Ljalja war eine harte Nuß.

Traurig? … Ja und nein … Larissa Igorjewna entschied sich für den Sprudel, trank. Betrachtete gedankenverloren die Tapete. (Ziemlich verschossen. Müßte erneuert werden.) Die Bettwäsche in den Zimmern müßte übrigens ebenfalls erneuert werden. Alles auf einmal … Was das wieder kostet … Ach, diese Sorgen! Sie wollte in die Vergangenheit. Jetzt war sie es, die auf Tartassow warten mußte.

Vielleicht würde sie ihn in sehr weit zurückliegender Zeit treffen. Versuchen wir's mal … Larissa Igorjewna starrte auf ein Tüpfelchen der Tapete. Wie auf einen Punkt. Sie schraubte sich in Gedanken hinein und sauste pfeifend in die Vergangenheit.

Doch leider erwischte sie keinen fröhlichen Tag. Im Gebäude von Glawlit (Hauptverwaltung zum Schutz der

Staatsgeheimnisse in der Presse, offizielles Aushänge-
schild der Zensur) fand unten ein kleines Buffet für die
Bonzen statt. Nebenan war der Billardraum für die nach-
mittägliche Erholungspause. Dort geschah es: Der Direktor von Glawlit fiel im Spieleifer, nach der letzten ge-
glückten Karambolage, plötzlich auf die Tuchbespannung
des Tisches. Er schlug mit dem Kopf und dem ganzen
Oberkörper auf. Und erstarrte dort mit einem Herzinfarkt
(und angestrengt blickendem linkem Auge).

Doch er atmete; und schurrte kaum hörbar mit der
Wange über das Tuch des Tisches. Man holte den Arzt. Der
Weißkittel stellte unverzüglich die Diagnose. Auf sein Zeichen hin wurde der Direktor ganz sacht umgelagert. Zuerst zog man ihn vom Tisch weg. Dann wurde er vorsichtig auf den Armen aus dem Billardraum getragen – das
bewerkstelligten fünf Mitarbeiter, die gerade in der Nähe
waren. Auch Larissa war dabei.

Sie mußte einen Fuß halten, einen großen Schuh.

»Behutsam! Ganz behutsam!« schrie der hagere Witzbold Wjuschin, der die Prozession kommandierte. Er trug
den Kopf des Direktors. Den großen, massigen Löwen-
kopf. Hielt ihn in den flachen, hageren Händen, die nicht
zitterten.

In der schmalen Tür aus dem Billardraum mußte der
Direktor drei steile Stufen hinaufgewuchtet werden – mit
größter Vorsicht. Das war am schwierigsten, wie sie schon
damals spürten. Sie hielten den Atem an, als sie hinauf-
stiegen. Mit leisen besorgten Zurufen stimmten sie jeden
Schritt ab. Noch ein Schrittchen. Und noch eines.

Die drei Stufen hinauf waren von großer Bedeutung. In dem Sinn, daß beim Tod des Direktors (binnen kurzem) alle, die ihn trugen, die Karriereleiter hinaufklettern würden. (Und nicht nur sie.) Mit den Stufen machten sie gewissermaßen eine Rechnung auf.

Der Vizedirektor wurde Direktor. An dessen Stelle rückte der Amtsleiter auf. Und so weiter. Jeder, wie er es schaffte. Der Schub setzte sich fast bis zu den Putzfrauen fort. Es boten sich auch ganz neue, überraschende Möglichkeiten. Man rückte ein oder zwei Stufen auf, der hagere Witzbold Wjuschin nahm zum Beispiel gleich alle drei auf einmal. Er wurde erster Vizedirektor.

Es hieß, Wjuschin könne auch Direktor werden, aber er wurde es nicht, da er es nicht wollte. (Wollte nicht ins Rampenlicht.) Zu hohes Amt. Der Direktorenposten stand zu sehr im Blickfeld, Wjuschin aber gehörte zu denen, die die großen, unwiederbringlichen Veränderungen der Perestroika vorausahnten. Binnen kurzem stand es allen bevor: Alle mußten leben und sich durchzwängen. Der Engpaß kam näher, und nur, wer ganz bescheuert war, ließ sich jetzt zum Direktor befördern.

Larissa tat ebenfalls einen Schritt. Von der Praktikantin zur Zensorin; eine Stufe höher. Im Februar wurden ihr bereits Manuskripte ihrer Wahl anvertraut. Und als erstes nahm sich Larissa Tartassows Erzählung vor. So traf sich damals alles für sie! Mit dieser Erzählung nun (den Aktendeckel gegen die Brust gedrückt) kam sie herausgerannt, in jenes leichte Schneegestöber im Februar – zu dem Geliebten, der vor dem hohen Gitterzaun stampfend wartete. Sich dort bald vor dem Schnee, bald vor den Blicken der Leute verbarg. (Ja oder nein? ... Tartassow rauchte, trat von einem Fuß auf den anderen und wartete auf den Bescheid.)

»Ja! Ja!« schrie sie, sobald sie ihn erblickt hatte.

Sie weinte an ihrem Zensortisch. Weinte leise und schuldbewußt, knüllte das Taschentuch in der Faust.

Trubakin war weg. Strokow und Simina waren weg. Schließlich waren alle aus ihrem langen, schlauchförmigen Zimmer weg. Alle bis auf den ewig hustenden Arsenitsch, der mit der weinenden Larissa mitlitt und glaubte, er könne ihr etwas beibringen. (Er sollte demnächst in Pension abgeschoben werden.) Sie weinte, er hustete.

Dem alten Arsenitsch, Altkommunist bis ins Mark, fiel keine Sekunde ein, daß Larissa die Entgleisungen im Text nicht schlechter als er erkannt haben könnte. Sogar besser, schärfer! Sie hätte sie im Handumdrehen aus dem Text geklaubt. Wenn ...

»Die Arbeit ist nicht schwierig. Man muß nur gut hinschauen. Aber Sie haben eine Rechtfertigung – Ihre Jugend, meine Liebe. Was weinen Sie denn!« tadelte sie der alte Zerberus.

»Ich ... ich ...«

»Beruhigen Sie sich. Das ist kein grober Fehler. Er wird Ihnen eine Lehre sein.«

»Er ist Schriftsteller, und ich ...«

Larissa knüllte das Taschentuch, preßte es ab und zu an die schniefende Nase.

»Tartassow ist ein schlauer Fuchs. Wie alle Schriftsteller ... Das ist ihr Los. Wenn man so will, ihr Kreuz, Larissa. Auf jeder Seite jubeln sie einem liberale Mätzchen unter. Schauen Sie nur mal her ...«

Der altgediente Zensor säumte nicht und schlug erneut die Literaturzeitschrift auf der Seite auf, wo die ihr schmerzlich vertraute Erzählung Tartassows begann. Und wo auf fast jeder Seite zu spät ein Fragezeichen (schlecht) oder ein Ausrufezeichen (ganz schlecht) an den Rand gesetzt war.

Offizielle Rüge ... strenger Verweis ... Als sie zu Hause versuchte, Tartassow von dem Skandal zu berichten, erstickte sie beinahe wieder an den Tränen, und es stellte sich (woher nur?) ein für sie neues Gefühl ein – das Gefühl weiblicher Opferbereitschaft. Eine lustvolle Empfindung! ... Ohne Gefühlsduselei. Ohne Kraftanstrengung. Einfach wie eine zu allen Zeiten unvermeidliche Erfahrung des täglichen Lebens ... Tartassow verstand sie übrigens. Man kann nicht sagen, daß er es nicht zu schätzen wußte. Er spielte ja seine Trumpfkarte nicht aus. Respekt. Markierte nicht den Husaren. Schmunzelte nur in seinen Schnauzbart hinein, wenn er gefragt wurde: Mann, hast du Schwein gehabt, wie hast du es bloß durch die Zensur geschafft? ... Aber was die Opferbereitschaft betraf ... Er überlegte nur einen kurzen Augenblick (höchstens eine Sekunde), ob er nicht aus ihrem gemeinsamen Zensurdebakel eine Geschichte machen sollte. Über die Liebe ... Er bat sie, Arsenitsch zu beschreiben (Hintergrund!), seine Lieblingsausdrücke, wie der alte Esel eben so war und was er sonst so machte – vielleicht könnte er ihn inspirieren!

Sie konnte sich für den Hintergrund auf nichts besinnen, höchstens auf Arsenitschs ständige Redensart: DIE ZWEITE PROTHESE IST IMMER SCHÖNER – aber was war damit gemeint?

Und auch die Leviten des alten Zensors ödeten sie damals nur an. Ihr Taschentuch war naß, klein, ein winziges Läppchen, die Nase war geschwollen, und Arsenitsch drehte immer dieselbe Leier:

»Der schlaue Autor zieht plötzlich die Brauen zusammen und sagt uns – ich mach den Text stringenter. Nehme Überflüssiges raus! Bekämpfe die Epitheta und so weiter! ... Spüren Sie es?«

»Ja«, schluchzte Larissa.

»Gibt sich als Ästhet. Als Kämpfer um lakonische Ausdrucksweise! – Und was kommt dabei raus? Im Endeffekt sind die Wörter durchgesiebt worden, Larissa. Haben sich durchs Sieb gepreßt. Sich verdichtet. Die Figur erhält plötzlich einen ganz anderen, mörderischen Charakter ...«

Wie viel, wie unendlich viel (erklärte ihr der alte Arsenitsch) kann in der Lücke zwischen zwei Wörtern verschwinden. Der gerissene Autor wirft dort alles Überflüssige hinein. Das Wesen des Autorseins ist dieser unergründliche Spalt zwischen den Wörtern. Welten, ganze Welten fallen dort hinein, Epochen, Zivilisationen! ... Und nichts ist mehr da. Keine Spur. Dieser Engpaß, diese genial hinterlistige Fuge zwischen zwei benachbarten Wörtern! ... Aus diesen Fugen, aus diesen Lücken entsprang die Dynamik des Schrifttums. Entstand die Literatur, und mit ihr (in ihr) entstanden Hochgeistigkeit und messerscharfes Denken.

Tartassow, der unverrichteter Dinge von Ljalja zurückkam, versuchte, seinen Groll zu verbergen. Dieses Mannsbild! Machte sich jetzt bei Larissa Igorjewna niedlich. Unterhielt sich mit ihr aus Langeweile ...

Er dauerte sie. Larissa Igorjewna konnte sich unschwer vorstellen, was für einen Unsinn er dort verzapft hatte. Wie er Ljalja beschwatzt hatte (und danach Galja). Ohne Geld ... Aufdringlich, eitel, getrocknete Spucke in den Mundwinkeln.

»Wie geht's deiner Tochter, Larissa?« fragte er.

Man konnte ja auch einfach plaudern.

»Wie allen ... Sie lebt in Rjasan. Ist Ärztin. Kriegt allerdings wenig Gehalt, und auch nicht pünktlich. Aber sie beklagt sich nicht ...«

»Hilfst du ihr?«

»Ja.« In der Pause erkundigte sich Larissa Igorjewna ebenfalls: »Und was macht dein Sohn? Er ist doch Computerfachmann?«

Tartassow winkte ab:

»Alles nur faule Sprüche, daß er Computerfachmann ist und mit diesem neumodischen Zeug Geld verdient. Er ist nichts. Macht Gelegenheitsjobs durch Vermittlung von Bekannten ... Ha! Ein Freund von ihm arbeitet beim KGB. Schöne Firmenvertreter, nicht wahr! ... Mein Sohn geht schon eine ganze Woche in diese verfluchten Keller.

Richtet einen Computer nach dem anderen ein – und ob er dafür bezahlt wird, steht noch in den Sternen.«

Larissa Igorjewna blieb lieber optimistisch (wenn jemand herumnörgelte):

»Trotzdem, diese Generation läßt den Mut nicht sinken. Sie hat sich schon von jung auf durch den Engpaß gezwängt – hau-ruck! Und sich umgeschaut!«

»Durch den Engpaß?«

»Na ja. Die Veränderungen halt.«

Aus den Zimmern hörte man Geschrei. Lärm. Und nun stimmte eine starke, angeheiterte Männerstimme ein Lied an, das durch die Wände drang:

Es wohnt meins Herzens Freu-de …

Und ein neuer Jubelschwall. Dann Hurrageschrei! … Klirren zerschlagener Gläser (was war das?). Und fröhliches, animalisches, junges Lachen. Tja, die hatten sich eben schon durchgezwängt! Vollkommen! Das wahre Leben spielte sich dort ab, jenseits der Wand.

Es wohnt meins Herzens Freu-de
Im hohen Burggema-ach …

»Ma-aach«, äffte Tartassow nach.

»Zimmer fünf. Wieder bei Alla«, sagte Larissa Igorjewna lauschend.

Sie wünschte sich eine Liebkosung. Sie wünschte sich, daß der alternde Tartassow die Hand ausstreckte und – wenigstens flüchtig – ihre Wange streichelte. Wie einst! … Er sieht her … Ahnt er, was sie fühlt? Wohl kaum. Das Gedächtnis eines Mannes taugt nichts. (Was bedeutet ihm die Vergangenheit? Ljalja, Galja, Alla – die zählen!)

Tartassow spürte trotzdem etwas.

»Du hast mich geliebt. Warst ganz verrückt nach mir, was?« fragte er und lachte.

Sie nickte. Sagte halblaut:

»Und du hast mich geliebt.«

Er (sie hatte ihn erinnert!) schnappte sogleich ein. Und begann von seinen Sorgen zu reden.

»Der Kopf ist leer. Die Taschen sind leer. Ich schreibe keine einzige Zeile. Ein schöner Werktätiger bin ich! ... Wenn ich nicht die Fernsehsendung hätte, dann würde ich wahrscheinlich auch singen. In der Fußgängerunterführung. Mit dem Hut auf dem Boden.«

Larissa Igorjewna brauste auf:

»Schluß, Serjoscha! ... Warum schreibst du denn nicht?«

»Hab keine Gedanken. Keinen Stoff. Was ich schreiben konnte, habe ich schon geschrieben. Was soll ich noch schreiben?«

»Andere strengen sich an. Andere schreiben etwas.«

»Die anderen da singen auch Lieder!«

Tartassow machte eine Kopfbewegung zur Wand hin, hinter der sich die vergnügten, die sich gut durchgezwängt hatten.

Ach, wie schön ist unsre Zeit ...

grölte die Stimme jenseits der Wand.

Teekochen dauerte zu lange, Larissa Igorjewna schenkte Sergej Iljitsch Sprudel nach. Trink, Lieber. Wie? Was? ... Da hatten sich beide plötzlich zur Wand gedreht und starrten auf die Tapete ... auf der Suche nach auffallenden Pünktchen (und den vergangenen Tagen).

In dem Augenblick, da es beide hineinzog, hielt sie Tartassow fest an der Hand. Er dagegen (männliche Habgier, Verlangen, alles an sich zu raffen) stellte das Glas nicht ab. Geizkragen! Er wollte noch schnell austrinken. (Auch das noch!) Im pfeifenden Wind, knapp vor dem Verlassen des Engpasses (Abflug) beeilte sich Tartassow immer noch, das Glas zum Mund zu führen ... zuckte krampfhaft, sie konnte ihn nicht halten. Ihre Hände wurden auseinandergerissen ... Sie schrie ihm zu, versuchte, nicht abgehängt zu werden. Streckte sich, aber keine Chance! ... In der vergangenen Zeit (in die sie hinauskatapultiert wurden) hatten sie einander verloren. Im letzten Augenblick! ... Es waren nur vier Tage, die sie voneinander trennten.

Tartassow gelangte (wie zur Strafe) in jene vier Tage, als es aus war mit ihm: Als er keine Erzählungen mehr schreiben konnte. Und keinen Ersatz dafür fand. Seine Bücher wurden nicht mehr aufgelegt. Und selbstverständlich besaß er keine Kopeke ... Krise ... Tartassow hampelte in der Telefonzelle vor der Metrostation verzweifelt herum und schrie in den Hörer:

»Ich geh vor die Hunde!«

Sein privater Telefonanschluß war gesperrt. Tartassow hatte sich in einer jähen Eingebung in die vergammelte Telefonzelle verkrochen und machte dort nun einen Anruf nach dem anderen. Man konnte zuschauen, wie sich das Leben veränderte ... Er telefonierte, brüllte und flehte seine Bekannten an, ihm irgendeine Arbeit zu beschaffen, sogar einen Nachtjob:

»Ich bin bereit, als Putzmann zu arbeiten … als Korrekturleser irgendwelcher Texte! Ich bin bereit, den Fußboden in den Redaktionen zu fegen und zu wischen. Ich und mein Sohn, wir haben beide nichts zu essen. Ich könnte den Kindern im Radio vorlesen … Ehrenwort … Ich schwör's … Ich habe früher gut Märchen erzählt. Vom Maulwurf und von Däumelinchen … Ich …«, Tartassow brach mittendrin ab und schniefte in den Hörer. Rauhes Männerschluchzen.

Von außen wurde er schon zur Eile gemahnt. Da klopfte einer mit der Münze gegen die Glaswand der Telefonzelle.

Larissa (sie befand sich in derselben Zeit) wurde natürlich ebenfalls nirgendwo genommen. Sie war ebenfalls bereit, irgendwelche Texte zu korrigieren. Wie eine Anfängerin Telefondienst zu machen. Fahnen zu lesen … Abzutippen … Plötzlich wurde ihr irgendwo aufgetragen (für einen Hungerlohn!), in der Bibliothek Bücher auszuleihen, aber … aber die Obrigkeit paßte auf. Von oben sieht man schließlich besser. Schon bald wurde ruchbar, daß eine ehemalige Zensorin es auf den ehrlichen Broterwerb in der Bibliothek abgesehen hatte. Aha. Sofort wurde Larissa gegen eine andere ausgetauscht, die sich ebenfalls beworben hatte. Eine Frau mit zwei Kindern und einem klareren Schicksal.

Larissas Kollegen wurden natürlich auch nicht genommen, weder bei einer Zeitung noch bei einem der Verlage, die sich zahlreich vermehrten. Nicht einmal bei den Bibliotheken (die ideale Stelle für ehemalige Zensoren. Berufung. Sie hätten die herausgerissenen Seiten aufgespürt!). Sie kamen nirgendwo unter, aber der hagere Wjuschin mit seinen liberalen Anzüglichkeiten blieb ungeschoren. Und wie! Auf einmal hatte er sich in die oberste Etage durchgezwängt. Er thronte an der Spitze eines Fernsehsenders. Als sie kam und von ihm empfangen wurde, erkannte sie diese selbstsicheren, spöttischen Augen sofort. Dieses Lächeln! … Er hatte allerdings schon recht schütteres Haar.

Sie selbst stand ohne Arbeit da, war aber gekommen, um für Tartassow ein gutes Wort einzulegen. Er braucht den Job beim Sender. Er ist arm. Er schreibt nichts mehr. Er hungert!

Wjuschin musterte sie eindringlich und fragte:

»Ist er dir immer noch nicht gleichgültig?«

Nein, Wjuschin wußte nichts von ihrer beider Vergangenheit. Er kam erst jetzt drauf. Im Nu reimte er sich ihre seinerzeit geheimgehaltene banale Liaison zusammen (hätte er früher davon gewußt, hätte er sie längst als Zensorin entlassen).

»Tja, diesen Job haben wir tatsächlich zu vergeben. Wie hast du davon erfahren?«

»Vom Hörensagen.«

Er schwieg eine Weile und sagte dann:

»Du weißt sicher noch, daß du mir immer gefallen hast, Lara. Wollen wir uns diese Woche einmal treffen?«

Er stand die peinliche Pause durch, bis sie nicken würde.

Sie wurde rot und nickte. Wjuschin notierte auf einem quadratischen Merkzettel der Firma Soundso mit leichter Hand eine Adresse und Telefonnummer für sie – die Wohnung eines Freundes, der längere Zeit im Ausland lebte.

Na gut. Ich werde es schon aushalten (mich innerlich entfernen, als wäre nicht ich es, die das mitmacht) ... Auf dem Weg zum Liebesnest grübelte sie immer noch. Jeder Frau schlägt einmal diese Stunde. Früher. Oder später ... Sie sollte ihm gegenüber möglichst kalt bleiben! Steif und ruhig. Und alles von sich abschütteln, wenn sie aufstand. Wie uns in dem alten Buch gesagt (verheißen) ward: unbefleckt.

Auch als sie im Lift hinauffuhr, dachte sie immerzu: Augen zu und durch! Sie würde diese Stunde durchstehen wie alle Frauen. Jede die ihre ... An Tartassow denken. In den Armen dieses Mannes über die Opferbereitschaft der Frauen nachsinnen. Sie würde (in Gedanken) lachen, wenn er zu keuchen begänne, zu schwitzen und immer heftiger zu zucken ... Larissa lächelte zur Probe (verkniff sich das Lächeln). Doch dann klappte es mit dem Lächeln doch nicht. Der Mann war erfahrener als sie.

Äußerlich liebevoll und entspannt, ging er sehr umsichtig zu Werke. In einem langen, mühevollen und ausgesprochen quälenden Liebesspiel brachte er nicht sich, sondern sie dazu, vor Lust aufzuschreien. Kaum war sie abgerückt und versuchte, alles kaltblütiger zu ertragen, begann er von neuem. Und trieb sie noch sicherer und grausamer zum Schmerz und Schrei der Wollust. Er rakkerte sich ab. Zögerte, zögerte ... Peinigte sie bis aufs

Blut. Sie versuchte, sich lebhafter zu bewegen, damit er endlich käme. Aber er preßte ihre Schultern sofort wie mit einer Zange nieder: nicht bewegen, einfach daliegen – und machte weiter. Durch die Zähne entfuhren ihr leise Schreie, na ja, es war ein Stöhnen, eine Bitte. Plötzlich begann sie zu keuchen. (Es gelang ihr einfach nicht. Dazuliegen und an die Opferbereitschaft zu denken. Mit geschlossenen Augen wie am Strand.) Zitternd verriet sie aufs neue ihren Tartassow, dachte an nichts mehr, schwebte. Der Mann machte, was er wollte. Brachte sie zum fast vollständigen Verlust ihres Ichs. Dafür bekam er danach, bekam er jetzt, was er als Hausherr beanspruchte. Er stand unvermittelt auf, um eine Tasse Wasser zu trinken. Stand träge auf. Ging in die Küche, als sei seine Kehle ausgetrocknet! Ließ sie im Bett zurück, sie war ein Nichts und Niemand.

Sie verließ die Wohnung allein, mit dem Gefühl, in diesen zwei oder drei Stunden von etwas Schwerem überfahren worden zu sein. Wie von einem Zug. Alles tat weh, Gliederschmerzen in Schultern und Rücken, ein fremder Körper! Eine fremde Seele. Eine Stunde, eine Stunde nur, ohne innere Beteiligung, das hatte sie gedacht, als … als sie fast lächelnd dieses Haus betreten und auf den Lift gewartet hatte.

Larissa ging zur Metro, Watte in den Beinen, und setzte sich vor dem Eingang auf die Umzäunung. Auf das gebogene Rohr, das den soeben angesäten Rasen einfriedete. Ließ sich wie ein Vogel darauf nieder … Setzte sich wie ein Vogel auf das dünne Rohr, außerstande zu warten.

Außerstande abzuwarten, bis sie zu Hause (heimgeflogen) wäre.

Und steckte sich an Ort und Stelle eine Zigarette an. (Damals rauchte sie noch.) Vor dem Eingang zur Metro. Nie hatte sie das zugelassen, jetzt war es geschehen. Der Rauch war bitter. Sie konnte sich nicht beherrschen, saß da und rauchte, sollten sie nur gaffen, sollten sie nur vorbeigehen, wer auch immer. Ein nervöser Laut wollte sich ihrer Lunge entringen, sie schluckte ihn immerzu hinunter. Behielt ihn bei sich. Sie hätte auch ein Bier genommen und direkt aus der Flasche getrunken, wie diese jungen Dinger von heute, die am Zaun herumlungerten, aber nein. Trotz allem nein. Sie rauchte …

Und Tartassow? Er schrieb dennoch nicht weiter; konnte nicht. War versiegt, rappelte sich nicht wieder auf. Ließ sich nicht in das neue Flickenwerk einpassen, aber … aber den Job bekam er. Nicht zu leugnen …

Und für den Job kaufte er sich damals ein elegantes Samtsakko. (Vielleicht für sein letztes Geld. Aber passend.) Sobald der Schriftsteller Tartassow beim Fernsehen sein Moderatorenpöstchen bezogen hatte, nahm er eine würdevolle Haltung an. O ja! Die Gerechtigkeit triumphiert. Davon war er jetzt überzeugt. Mit Sicherheit! Er glaubte, daß der Job auf das Konto seiner Geschichten und Erzählungen gehe, seiner früheren kreativen Verdienste – als gerechte Entlohnung! … Wie schnell sich diese schreibenden Nieten doch aufplustern! Und wie schnell sich sein Lächeln, sein Mienenspiel, sein Gang und seine Gesten dem neuen Job anpaßten, und der Job sich seiner wohlgesetzten Redeweise. Und die Redeweise dem Sakko. Ein solider Herr …

Immerhin liebte sie. Das eigene Leben hatte sie satt, aber ihn (sein Leben) liebte sie. So etwas geht nicht vorbei.

Natürlich war Larissa Igorjewna streng zu Tartassow, sie würde sich ihm nie offenbaren – sie war ihm freundschaftlich verbunden, mehr nicht! Wies ihn bei jeder Gelegenheit zurecht, ihm zum Trotz, dieser Nervensäge. Und verriet mit keiner Miene ihr bewahrtes Gefühl. Alter Trottel! … Na, mein Lieber? Verdrossen? (Man konnte ihn auch leise verspotten. Sich über ihn lustig machen. So, so, eine Abfuhr – von Ljalja? Und Galja?)

Seine mürrische (mißmutige) Stimme kam ihr zuvor.

»Wo bleibst du denn so lange, Larissa? … Mal bist du hier! Mal bist du woanders!«

»Ich bin hier.«

»Schenk mir noch Sprudel ein.«

Tartassow trank das Mineralwasser in langsamen Schlucken. Fragte:

»Was macht die Arbeit? Müde?«

»Nein.«

Das könnte dir so passen! War sie etwa nicht müde? War es etwa leicht, in diesen wirren Zeiten ein so extravagantes Etablissement über die Runden zu bringen?

»Was haben wir denn auf dem Herzen?« fragte er.

Nichts. Wenn ihr das Herz schwer wurde, schaute sie lange zum Fenster hinaus. Dort sah sie die Sträucher. Der Wind zauste die Wipfel.

»Nichts.«

Er sagte schelmisch:

»Ich wäre gern wieder in der Vergangenheit.«

Aber Larissa Igorjewna mochte die Vergangenheit als solche nicht.

»Ich nicht.«

»Wirklich?«

»Wirklich. Mit den Mädchen ist es natürlich nicht einfach.« Sie wurde einen Augenblick nachdenklich. »Kein leichtes Brot! Aber weißt du, Sergej Iljitsch, ich halte mich jetzt für ehrenhafter. Viel ehrenhafter als damals, als ich Zeilen und Absätze gestrichen habe. Deine unter anderem auch. Als ich auf jeder Seite die kleinsten liberalen Entgleisungen aufgespürt habe – deine besonderen Stinkefinger!«

»Stinkefinger?«

»Na ja. Stinkefinger in der Hosentasche. So hieß das doch, schon vergessen? Und manchmal strich ich ratzfatz eine ganz wunderbare Zeile, die mich tief berührte. Es drückte mir geradezu das Herz ab.«

»Das wußte ich nicht.«

»Ich wußte es auch nicht. Erst mit der Zeit wird einem klar, was für ein Scheusal man war.«

In dem kleinen Büro wurde es still.

Tartassow räusperte sich. Kurbelte seinen Bariton an und pflichtete artig bei:

»Ja. Es war eine schlimme Zeit.«

»Wir alle haben uns durchgezwängt«, fuhr Larissa Igorjewna mit müder, aber überzeugter Stimme fort, »durch dieses Schlupfloch: durch den Engpaß. Und uns verändert, ob wir wollten oder nicht. Was du früher warst und was du früher gemacht hast, das ist letzten Endes alles Vergangenheit. Schnee von gestern … Der Engpaß hat uns alle verändert, nicht wahr?«

»Zum Besseren – oder zum Schlechteren?«

»Jeden auf seine Art.«

»Ich habe mich nicht verändert.« Tartassow hob arrogant den Kopf. (Stur.)

Sie redete weiter:

»Ich weiß noch, wie alle, die ich damals kannte, Arbeit suchten. Oder sich umschulen ließen. Es war für alle schwer. Alle versuchten, sich durchzuzwängen. Sag du mir als Schriftsteller: Warum müssen erwachsene Männer und Frauen von Zeit zu Zeit neu auf die Welt kommen?«

Doch der Schriftsteller hatte keine Lust zu philosophieren: »Engpaß.« … »Früher oder heute.« … Wie oft denn noch?! Wir sind doch nicht im Fernsehen! – Tartassow empörte sich (in Gedanken). Die Zensorin in ihr war doch noch nicht ganz tot. Die Vergangenheit gluckerte in ihr.

Zensoren sind immer Moralisten. Wie sollte er sich nicht erinnern! Die Frau, die ihn nachts liebkoste, und tags mit derselben unerschütterlich ruhigen Hand! … mit eiserner Hand! … Tartassow mochte indes nicht laut aufbrausen. War lieber vorsichtig.

Er räusperte sich und fragte – na, schön! Grübeln wir

später drüber nach … wie wär's denn trotzdem mit Ljalja?

Sie schwieg.

»Na, schön, gut, von mir aus nicht Ljalja, sondern Galja. Sag Galja, daß ich vom Fernsehen bin.«

Larissa Igorjewna zuckte die Achseln – was redest du, Lieber? Du trittst doch so selten mit deiner Sendung auf, *Tee und Konfekt* heißt sie? … Wenn du wenigstens Nachrichtensprecher wärst. Oder Quizmoderator! Meinetwegen am Vormittag, aber immerhin, wenn du einfach öfter auf dem Bildschirm zu sehen wärst. Heutzutage schauen sich die Leute auch die Vormittagssendungen an …

»Ich bin Schriftsteller.«

»Das versteht sie nicht, Lieber. Heute versteht das niemand mehr.«

»Ich könnte ihr den Mitschnitt von heute auf Videokassette mitbringen.«

»Das fehlte noch! So was hat doch jeder. Damit schindest du heute keinen Eindruck mehr! … Sogar hier haben wir Kassetten. Übrigens ganz tolle! Zur vorherigen Besichtigung. (Für besonders wählerische Kunden.) Weißt du, was für eine Kassette deine Ljalja hat? … Oho! Die darf man dir nicht zeigen …«

»Nackt natürlich.«

»Nur mit Brille. Sie tanzt auf dem Flügel eines Flugzeugs.«

»Und das Flugzeug fliegt?«

»Ja. Das Flugzeug fliegt. Es schneit wahnsinnig. Ein regelrechter Schneesturm. Und sie tanzt …«

»Mit Brille?«

»Ja.«

»Hör zu ... Laß mich diese Brille anschauen.«

»Nein, Lieber. Du hast doch kein Geld. Dir wird nur das Wasser im Mund zusammenlaufen, und du wirst noch schärfer auf sie werden ... Es ist übrigens keine Profikassette. Selbst aufgenommen ...«

Tartassow war schon im Begriff, beleidigt zu antworten, zögerte jedoch. (Das Leben ging ja irgendwie weiter.) Er zog lediglich die Brauen zusammen.

»Serjoscha. Bist du sauer?«

Tartassow schwieg.

»Serjoscha!«

Tartassow schwieg. In dieser klammen Situation gab es mit der ehemaligen Zensorin nichts zu bereden. Er hatte auch keine Worte parat. Zur Zensur ... Dafür verstand er sich bekanntlich darauf, mit Schweigen und einer betonten Pause jedes Gegenüber zu entnerven. (Ihm zu seinen eigenen Gunsten die Initiative zu überlassen, sie ihm zuzuwerfen.) Er konnte eine Minute schweigen. Konnte fünf Minuten schweigen ...

Larissa Igorjewna stand seufzend vom Tisch auf – schon gut, Serjoscha. Schon gut. Nicht schmollen.

Sie ging hinaus. Um zu helfen. Wollte versuchen, die Neue zu überreden.

Fehlanzeige.

»Nein! Nein! Ich hab ihn gesehen!« sträubte sie sich. »Hab ihn mir genau angeschaut: Ein fader, alter Knacker. Auf den hab ich keinen Bock.«

Tartassow konnte alles durch die Wand hören.

»Ohne Geld geht bei mir gar nichts. Kein Bock … Larissa Igorjewna, liebe, gute Larissa Igorjewna, Sie waren doch auch mal jung. Sie erinnern sich doch, daß man nur einen interessanten Mann mag! Mit einem jungen Lachen, das von Herzen kommt. Mit dem man lustig sein kann, wenn er schon kein Geld hat! Man muß ihn doch wenigstens ein bißchen gern haben, nicht wahr? … Larissa Igorjewna, Sie verstehen mich doch … ich bitte Sie.«

Larissa Igorjewna drang nicht weiter in sie. Stimmte ihr plötzlich leise zu:

»Ich verstehe.«

Sie kam zurück. Wollte schon etwas stammeln. Aber Tartassow schnitt ihr das Wort ab, ruhig und lakonisch – du brauchst mir nichts zu erzählen, ich habe alles mitgehört.

Larissa Igorjewna setzte sich ihm gegenüber. Wußte nicht weiter.

Schweigen …

»Wie suchst du den Engpaß?«

Sie hatte ihn das schon einmal gefragt. (Und vergessen.)

Er lachte:

»Mit den Augen.«

Sie hätte ihn gerne bedauert, fürchtete sich aber vor ihrem eigenen Mitleid. Fürchtete sich, die Hand auszustrecken und zum Beispiel seine Schulter zu berühren. Nur eine Berührung, und sie würde schmelzen. Als erstes würden die Tränen kullern …

Sie schlug vor: »Laß uns gemeinsam aufbrechen!«

Doch als sie durch den Engpaß flogen (Hand in Hand), machte Tartassow wieder Zicken – ach, dieser Mann! Nie ist er zufrieden.

Der Wind verschloß den Mund, pfiff in den Ohren, und er schrie ihr etwas zu. Die Worte waren kaum zu verstehen! Wortfetzen! – Tiefer ... Sie sollten beide tiefer in die Vergangenheit abtauchen ... Wozu? ... Um sich möglichst weit von der Gegenwart zu entfernen. Je jünger sie beide wären, um so besser! »Tiefer! Larissa! Hörst du mich – tiefer!« brüllte er, dort wäre das Leben süßer, dort sind auch die Bäume grüner! Und die Sonne ist gelber! ... Die ewige Gier des Mannes, die seiner ewigen Unsicherheit so verwandt ist.

Tartassow vorne ... Strampelte noch, vom Luftstrom erfaßt. Sie streckte die Arme nach ihm aus – aber er war schon weit voraus, nicht mehr einzuholen. Zu spät ... Sie wären wieder getrennt, ach, dieser Mann!

»Serjoscha!« schrie sie ihm beim Verlassen des Engpasses nach.

Auf ihrem Flug allein gelassen, empfand sie plötzlich Verdruß (was sollte sie ohne ihn in der Vergangenheit?), sie versuchte zu wenden und legte eine scharfe Landung (in der Zeit) hin. Sie war nicht weit gekommen, wie sich herausstellte. Befand sich fast unmittelbar hinter dem Engpaß.

Es war jener Tag in ihrem Leben, als Larissa seit dem frühen Morgen schon zwei Redaktionen und drei Bibliotheken abgeklappert hatte: alles umsonst ... Tag für Tag war sie auf der Suche nach einem Job. Aber sie fand nichts, weder als Zeilenmärtyrerin (nächtliche Korrekturleserin irgendwelcher Texte) noch als Bürokraft. Die Beine waren müde ... Wir haben keine freien Stellen, Verehrteste! Such woanders.

Plötzlich hatte sie eine Stelle gefunden. Ja, vor der Metro. Diesen niedrigen Zaun aus gebogenem Rohr neben dem Gehweg. Hinsetzen und bittere Gedanken schmieden! (Und rauchen!) Auf dem Zaun saßen etwa zehn bis fünfzehn Menschen, solche wie sie. Die irgend etwas im Leben nicht kapiert (nicht gefunden) hatten. Die nicht wußten, wohin sie jetzt noch gehen sollten. Auch sie Menschen ... Im Chaos der Gefühle. Sie starrten (sinnlos, aber unbeirrt) aufs Gras, auf den Asphalt, auf die Schuhspitze ...

Jetzt würde sie ebenfalls zu Ende rauchen, jetzt würde sie den bittersüßen Rauch inhalieren. Aber ... Larissa warf die Zigarette weg. Stand auf. Setzte sich erneut ... So unerwartet (urplötzlich) kommt eine Willensentscheidung von außen auf uns zu. Ja. Ja. Sie wird das Rauchen aufgeben. Punkt. Schluß damit. Sie wird nicht mehr rauchen! ... Larissa nahm das Päckchen aus der Handtasche und warf es fort.

Eine Willensanstrengung (Selbstüberwindung). Als hätte sich Larissa selbst geholfen – sich selbst den Befehl gegeben. Eine Welle des Hochgefühls ... Und zugleich ein sonderbarer Schmerz (als Begleiterscheinung): Ihre Schultern, Brust und Hüften wurden zusammengepreßt – sie mußte sich ganz dünn machen. Als ob man ihr, Larissa, etwas Enges überzöge. Eine Robe vielleicht. Hart und offenbar aus Plastik – nein, keine Robe, sondern ein Rohr. Und es wurde ihr nicht übergezogen, sondern umgekehrt (Relativität unserer Empfindungen) – sie selbst zwängte sich, willentlich und unwillentlich, in einen schmalen, engen Gang.

Na klar: Sie befand sich ja gleich hinter dem Engpaß. Einen Schritt weit von ihm entfernt. Und nun, im Lauf der Zeit, durchlebte sie ihn (den Engpaß) aufs neue. Im Lauf des Lebens … Der Puls wurde schneller, Larissa öffnete leicht die Lippen, atmete mit offenem Mund. Zwängte sich zur neuen Zeit durch.

Später würde sie diesen Engpaß im Nu passieren, pfeifend, mit beschleunigtem Tempo. Wie einen Tunnel – aber erst später. Später wird sie wie ein Wirbelwind durch die Jahrzehnte zurück- und wieder vorwärtssausen. Beim jähen Druckwechsel wird es in den Ohren knacken … Aber noch geht es schwer. Noch knirscht es … Schmerzt es … Werden die Hüften aufgescheuert. Ist ihr übel.

Sie dachte (konnte noch denken) – nicht ich allein, alle Leute, wir alle, die ganze Stadt. Pressen unsere Seele durch. Und zugleich (es muß sein) auch den Körper. Bekommen kaum Luft … bezwingen kaum die Übelkeit … Wie langsam ist der Lauf der Zeit, wenn man ihn selbst mitgehen muß!

Doch nun lockerte sich der Reifen, der ihre Hüften gleichsam eingeschnürt hatte. Larissa Igorjewna atmete gleichmäßiger. War schon vom Zaun aufgestanden. Ging schon … tat den ersten Schritt in der neuen Zeit. Zum Eingang in die Metro.

Sie – und auch wieder nicht sie.

Äußerlich wirkte Larissa Igorjewna nämlich verändert: strenger, trockener. (Und rauchte nicht mehr.) War schon eine andere. Hatte frischere Augen, ihr Blick war offener. Gütiger … Und wie steht es mit unserem Gefühl, mit der Liebe? … Ja, sie liebte immer noch.

Larissa Igorjewna liebte weiter. Der enge Tunnel hatte sie mitsamt ihrem fortdauernden Gefühl in die neue Zeit geschleust. Hatte sie durchgelassen. Aber das Gefühl hatte ebenfalls ein paar Kratzer abbekommen. War hier und da abgescheuert. (Die Goldauflage.) Das Gefühl war scharfsichtig geworden, hatte zu sehen gelernt: Ja, sie liebte … diesen komischen Sergej Iljitsch Tartassow, der nichts mehr schrieb und kein Geld hatte. Liebte den überheblichen, angeberischen, sich aufplusternden Mann mit dem schönen Kopf und dem sonoren Bariton.

Aber ihre Liebe zu Tartassow hielt sich nun etwas abseits. Das Gefühl war gleichsam in den Schrein der Erinnerung gepfercht worden.

Hier, am Ein- und Ausgang zur Metro, vernahm Larissa Igorjewna eine zaghafte, brüchige Mädchenstimme:

»Hallo, Sie da! Möchten Sie nicht meine Bekanntschaft machen – ich bin Ljalja. Ich heiße Ljalja …«

Larissa Igorjewna drehte sich um und sah zum erstenmal (zum erstenmal in ihrem sowjetisch geprägten Leben) eins von diesen Mädchen. Blutjung, mit Stupsnase. Und hellem Gesicht. Sie trippelte vor der Metro auf dem

Asphalt umher und bot sich auf komische Weise den vorbeigehenden Iwan Iwanytschs und Pjotr Petrowitschs an. Hungrig, frierend, mit Löchern in den Strümpfen …

Tartassow aber (der Pechvogel) war nach dem rasenden Flug in seine ferne Vergangenheit zurück beim Kieferchirurgen gelandet. Saß, von Stuhl zu Stuhl aufrückend, im Wartezimmer. Hatte sich in die bevorstehende Pein ergeben, wie es manche großen Männer in solchen Augenblicken schaffen. Sitzende Warteschlange …

Niedergeschlagen, wie er war, fiel ihm einfach nicht mehr ein, welchen Tag und welche Stunde er erwischt hatte (durch Zufall! Er konnte das Spiel ja auch gewinnen!). Er rückte nur wie hypnotisiert zu jener Tür vor. Von einem Stuhl auf den anderen – immer näher an sie heran. Und trat nun ins Sprechzimmer ein! Zwei kräftige Männer rissen ihm unter Qualen den Zahn aus. Den (bis heute unvergessenen) Backenzahn sechs. Zermeißelten ihn zu Grieß und zogen ihn schließlich frohlockend heraus – in mehreren grausigen Trümmern, na, prima! … Ihr habt gewonnen! … Tartassow verließ das Sprechzimmer und setzte sich, er schlotterte.

Nach und nach spuckte er, über den Abfallkorb gebeugt, die blutgetränkten Wattekrümel aus seinem randvoll verstopften Mund. Neben dem Abfallkorb war ein Spalt im Linoleumboden. Genau vor seinen Füßen. Die Öffnung lockte ihn mit Kühle und Dunkelheit. Erst jetzt entdeckte er sie. Endlich! (Warum nicht schon vor einer halben Stunde, als er in der Warteschlange saß?) Tartassow spannte sich an und ... schraubte sich in die Finsternis des Spaltes, entfleuchte den rabiaten vergangenen Tagen.

In dem hinteren Zimmer war es still. (Hier konnten sich die Mädchen entspannen. Rauchen.) Larissa Igorjewnas Stimme ... Ja, mit einer Bitte. Ja, sie habe eine Bitte an sie. Alle mal kurz herhören.

»Mädels ... Wer will dem Schriftsteller was pumpen? Ihr wißt doch, er tritt manchmal im Fernsehen auf. Ein guter Mensch.«

Nach einer kurzen Pause fragte eine dünne Mädchenstimme:

»Geld?«

»Nein. Kein Geld.«

Prompt wurde gekichert. Dann fragte eine von ihnen (Galja? Ljalja? Das hatte er nicht erwartet!) spitz – was denn für ein Schriftsteller?! Wieso will es der Schriftsteller auf Pump haben? Ist Armut heutzutage kein Manko?

Tartassow stieß die Tür auf und trat ein. Er war empört. Er erwartete ehrliche Nachsicht. Und sie! ... Empfand dieses junge Ding ihm gegenüber wirklich nichts? Nicht einmal ein menschliches oder wenigstens freundschaftliches Gefühl?

»Ljalja ...«

Sein schöner Bariton bebte.

»Ljalja ...« Seine Stimme, noch satter, intimer. (Dieses herbe, kehlige Beben.)

Aber die kesse Ljalja schwieg.

Tartassow wünschte alle gekränkt zum Teufel – ich geh jetzt, für immer!

Er drehte sich um. Ging ganz langsam hinaus. Diese Freudenmädchen von heute, diese Blutsaugerinnen, sie schauten ihm nur spöttisch nach. Er wartete darauf, von Ljalja zurückgerufen zu werden – Fehlanzeige! Weder sie noch Galja rührten sich. Auch Raja, die neben ihnen stand, schwieg sich aus. Diese geldgeilen Dinger schauten ihm nach! Zum Teil sogar fröhlich. Zogen ab und zu an der Zigarette ...

Tartassow knallte die Tür zu. Ging fort.

Aber nicht weit. Auf der Straße kamen ihm Zweifel. Fast augenblicklich. Und genau vor der Telefonzelle ... Tartassow kramte aus seiner Tasche eine Telefonmünze und wählte eilends die Nummer seines alten Freundes. Ebenfalls Literat.

Sascha Sawin, einst sein Jugendfreund, hob schließlich den heißgeklingelten Hörer ab. Sascha, der alternde Romantiker (aus der gleichen hochmütigen Generation), sagte ein wenig müde zu Tartassow:

»Ich höre.«

Tartassow bat um Geld.

Ja, ja, er brauche es ganz dringend! Auf Pump! Er brauche das Geld jetzt, unbedingt! ... Da er Sascha Sawin kannte, mußte er ihm freundschaftlich das Hirn einlullen. Gab ihm auf der Stelle das Versprechen. In ein paar Tagen ... ja, ja, demnächst, werde er, Tartassow, Sascha einen Auftritt im Fernsehen verschaffen, ihn zu seinem prominenten »Tee« einladen. Was sie da täten? ... Na, beisam-

mensitzen, über Kunst plaudern, nichts Besonderes ...
Sich ein bißchen der Nostalgie hingeben ... Der alte
Freund möge ihm nur jetzt mit Geld helfen.

Sascha entschuldigte sich.

»Entschuldige«, sagte er. »Ich versteh dich nicht ganz,
Serjoscha. Ich bin ein moderner Mensch und kann nicht
anders. Deshalb zuerst dein Konfekt, und dann das Geld.«

Tartassow machte etwas mehr Druck – das Geld, Sascha, brauche ich jetzt. Unverzüglich.

Sascha schwieg eine Weile, dachte nach:

»Entschuldige, altes Haus. Ich bin ein moderner Mensch.
Das Geld kriegst du hinterher.«

Schimpfend legte Tartassow auf, schade um die Telefonmünze.

Ehrlich gesagt, hatten beide den anderen geleimt. Tartassow konnte natürlich niemanden an der hohen Obrigkeit vorbei zum »Tee« einladen, wer auch immer es
sei. Die Chefs hegten selbst eine Vorliebe für klangvolle
Namen und wählten aus, wem sie zum Tee Pralinen reichten und wem nicht. Sie trafen selbst die Entscheidung.

Aber auch Sascha konnte nichts für Tartassow versil-
bern. Selbst bettelarm, hatte Sascha einfach nur angege-
ben. Er besaß kein Geld. Keine Kopeke.

»Wo bist du? Wo steckst du denn?! Was ist los – vertraust
du deinen Mädchen nicht? ... Spinnst du! Oder schaust
du ihnen jetzt heimlich zu? Entwickelst ihr Talent?«

»Ich arbeite, Lieber.«

Tartassow regte sich weiter auf – war das die Möglichkeit! So lange in drei Zimmern zu verschwinden! Ja, ja, sie hat zwei miteinander verbundene Dreizimmerwohnungen, aber trotzdem, sechs kleine Zimmer und zwei Küchen sind doch noch kein Labyrinth!

Nachdem Tartassow eine Weile vor sich hin gemault hatte (als Anlauf), bettelte er darum, wenigstens Raja auf Pump zu bekommen.

»Du liebe Güte. Was für ein mickriges Blümlein! Diese spillerigen Knie …«

»Sie ist apart.«

»Man möchte ihre Knie zudecken. Warum erlaubst du ihr den Minirock?«

Larissa Igorjewna seufzte:

»Sprich selbst mit ihr, Lieber.«

»Wieso ich! … Red du mit ihr. Mach Druck auf sie. Sag, daß ich vom Fernsehen bin. Dein Wort zählt bei ihnen. Du bist alles für sie – Ehre, Gewissen! Und Mutter!«

»Übertreib nicht!«

»Geld, Geld! Immer nur Geld!« ereiferte sich Tartassow.

Ihn empörte die Gründlichkeit der Veränderungen in der menschlichen Psyche: Er habe sein Leben lang alles zu erbetteln vermocht, jetzt solle er um alles feilschen. Welch ein Fall! … Keinerlei Tiefgang. Alles bekämen die Reichen. Diese Fettsäcke. Nicht von ungefähr habe die russische Literatur so auf sie eingeschlagen. Es hatte schon seinen Grund, daß Gogol und Dostojewski sie nach Strich und Faden verprügelten, das waren noch Zeiten!

Larissa Igorjewna wurde einen Augenblick lang traurig:

»Ich erinnere mich an deine letzte Erzählung. Du hast

die Frau so gut dargestellt ... Die im Zug ... im Eisenbahnwagen ... wo du ihr scheues Lächeln beschreibst. Wunderschöne, traurige Zeilen.«

»Du hast diese Zeilen nicht besonders gemocht, das weiß ich noch.«

»Ich habe sie geliebt.«

»Geliebt?«

»Ja ... Aber ich war dienstbeflissen – ich war dumm, Lieber. Strohdumm.«

Larissa Igorjewna zog die Schreibtischschublade auf und nahm ein frühes Buch von Tartassow heraus – ein uraltes, zerlesenes Exemplar. Drei weiße Lesezeichen spitzten heraus. Tartassow fragte ... Diese Seiten, wo die Lesezeichen seien ... Die kenne sie doch sicher schon in- und auswendig? Nein, entgegnete Larissa Igorjewna, gerade diese Stellen vergesse sie eben immer wieder. Alles übrige ja, das kenne sie auswendig ...

»Hm«, machte Tartassow.

Er bemerkte, wie Larissa Igorjewna, von der Erinnerung übermannt, eine kleine Träne wegzwinkerte. Und aufs neue die Wand betrachtete – die Tapete mit den Tüpfelchen, als peile sie eines an. Diese Frau ... unersättlich ... Wollte sie etwa schon wieder in die Vergangenheit? Hm.

Mit den Tapeten in ihren Zimmern und in ihrem Büro (er folgte ihr mit den Augen), mit den Tapeten stimmte alles. Die Tapeten wirkten nicht bedrückend; lasteten nicht auf einem. Sie waren fröhlich, um nicht zu sagen schelmisch (Zensur) und erfreuten das Auge.

»A-ah! O-oh!« hörte man plötzlich ... Erregte Stimmen ... Wieder irgendwo in den Zimmern. Schon wurde laut geschrien!

Larissa Igorjewna, ganz Ohr, das gehörte zur Arbeit, eilte sogleich in Richtung des Geschreis.

Tartassow ging nicht einmal nachschauen. Das war ihm zu langweilig. Zu uninteressant. Immer dasselbe! ... Er trank einen Schluck Sprudel und blätterte in seinem alten Buch. (Guter Text, in der Tat!) Jenseits der Wand aber flehte immerzu eine klagende Stimme, wahrscheinlich Galjas: »Larissa Igorjewna! Larissa Igorjewna, helfen Sie mir!« ... Lärm ... Keifende Auseinandersetzung. Betrunkene, heisere Männerschreie. Gemeuter! (So klingt es immer, wenn sie vor die Tür gesetzt werden.)

Erst nach zehn oder fünfzehn Minuten kehrte Larissa Igorjewna zu Tartassow zurück. Ganz außer Atem und bleich ... Aber sie hatte gesiegt: Ja, ja, sie habe für Ordnung gesorgt. Haben wir Krach gemacht? – Verzeih, Lieber, verzeih! Der Konflikt fand in unserem schwedischen Zimmer statt. Dort hallen die Stimmen immer besonders stark nach.

»Im schwedischen Zimmer?«

»So nennen wir es jetzt. In diesem Zimmer haben wir (erklärte Larissa Igorjewna) eine Schwedenwand, also eine Sprossenleiter ...«

Dort würden die Mädchen trainiert. Den Rücken gerade zu halten. Die Bauchmuskeln zu kräftigen ... Das sei wichtig! Die jungen Frauen müßten unbedingt gelenkig sein. Und auch sie selbst ertüchtige ihren Körper mit Morgengymnastik, um das Alter aufzuhalten. Eine Stunde und länger ...

Ein sauberes, helles Zimmer! Und stell dir vor, zwei Kunden, zwei, entschuldige, Moskauer Vorstadtidioten, haben sich die Zimmer nebendran genommen. Und sich sofort abgesprochen. (Oder schon vorher abgemacht.) Sich zusammengetan. Ja, ja, in diesem hübschen, aber ein wenig hellhörigen Zimmer. Haben versucht (stell dir vor!), Sex nach ihrem Gusto zu machen. Gruppensex, sinnlosen, brutalen Rudelbums. An der Sprossenwand. Zu viert. Die Mädchen mußten nackt bis zur Decke klettern. Und dort strampelnd hängen. Dann machten sich die Männer an sie ran.

»Akrobaten?« erkundigte sich Tartassow.

Larissa Igorjewna brauste auf, Akrobaten, Sportkletterer! – Du Witzbold, Raja ist doch nicht schwindelfrei ... Wie kann man nur? Und auch noch zu viert? Das Spielchen nannten diese Idioten, stell dir vor, »Bananenernte« – Raja hielt es unter der Decke natürlich nicht aus, ihr wurde schwindlig. Sie wollte runter, aber die ließen sie nicht runter ... Galja, die nebendran hing, sagte, Raja sei ganz in Tränen aufgelöst gewesen, habe an Armen und Beinen gezittert, von wegen Banane! Sie habe sogar vor Angst gefurzt. Galja (du hast sie ja gehört) fing an, zu schreien und zu rufen! ... Ich renne hin, kann Raja nur mit Müh und Not runterholen. Mir schlottern selbst die Arme. Die reinste Abnahme vom Kreuz! Bringe ihre Finger nur mit Gewalt auseinander, so hat sich die Ärmste an die Sprosse geklammert. Ganz steif war sie. Und diese

Saufbolde mit ihren roten Fressen loben sie – endlich ganz raufgeklettert! Gut, daß die Mädchen in den anderen Zimmern nicht beschäftigt waren. Die halfen mit. Schoben die Kerle raus ... Auf der Straße grölten die besoffenen Deppen ein Lied, stell dir vor. Und an der Ecke stand ein Bulle und grinste, der fand das lustig ...

Die Geschichte hatte sie angestrengt; sie war müde. Tartassow hatte Mitgefühl, Larissa verdiente ihr Geld nicht leicht.

Er schenkte ihr Sprudel ein.

»Laß uns verschnaufen«, sagte sie.

Tartassow schob ihr das Körbchen mit der Schokolade hin – nimm! Die schmecken köstlich! Süßes erleichtert das Herz, sagen die Ärzte.

Galja! ... Trat ein, nachdem sie geklopft hatte. Nur ganz kurz ... Mit leiser Stimme, fast flüsternd, sagte sie, daß sie Larissa Igorjewna um einen Rat bitten wolle. Sie habe ein privates Anliegen ... Galja warf Tartassow einen schrägen Blick zu.

»Gut«, sagte er und stand auf. »Ich geh mal bei Ljalja nachsehen.«

Im Gehen bat er Larissa:

»Mach wenigstens Tee. Starken.«

Galja hatte aber keinerlei privates Anliegen: Es war nur ein ungewöhnlicher Anruf gekommen. Heute vor einer Stunde. Als Larissa Igorjewna weg war ... Eine Männerstimme, die Galja nicht kannte ... Aber der Aussprache nach zu schließen, war es ein gebildeter Mann.

Larissa Igorjewna fragte, wer es gewesen sei, und stieß beinahe einen Überraschungslaut aus, als sie den Namen des Anrufers hörte: Wjuschin. Hat er etwas ausrichten lassen? ... Nein, nichts. Sich nur erkundigt. Er habe gefragt, wie es Larissa Igorjewna gehe. Ob sie mit ihrem Leben zufrieden sei. Was sie für eine Arbeit gefunden habe, und ob auf Dauer ... Er wollte sehr gerne mit Ihnen sprechen. Aber Sie waren eben nicht da, Larissa Igorjewna ...

»Er hat zweimal angerufen«, sagte Galja im Hinausgehen.

Als sie allein war, merkte Larissa Igorjewna, daß sie rot geworden war: Du liebe Zeit! Dieser Wjuschin glaubte, sie habe immer noch keine feste Arbeit gefunden ... Hatte sich an sie erinnert! Und vielleicht endlich eine Stelle in einer Redaktion für sie gefunden. Brauchte einen alten Kumpel beim Fernsehen. Oder bei einer Zeitung ... Wjuschin, der große Mann. Der Intellektuelle. Er hatte sie nicht vergessen!

Doch der Aufruhr in der Seele (und die Röte im Gesicht) hielt nicht lange an: Larissa Igorjewna wollte gar nicht mehr in diese Welt zurück. Sie hatte sie verlassen. Sie wollte nicht einmal, daß man sie daran erinnerte.

Sie stand am Fenster. Richtete ihren Rücken gerade auf, ihre arbeitsamen Schultern. Ihre Arbeit war kein Zuckerschlecken und nicht fein, aber auf ihre Art ehrlich. Ja, ehrlich. Wenn es dazu käme, würde sie Herrn Wjuschin diese Antwort geben. Sie würde sich nicht mit den Schwierigkeiten des Lebens rechtfertigen, keine Ausflüchte machen ... Sie wollte nicht. Zu eng. Sie wollte nicht in ihre niederträchtige, niederträchtige, niederträchtige! (sie wiederholte das Wort mit Schmerzen, mit Schmerz und Scham wegen der Vergangenheit) – in diese niederträchtige Welt der Absätze und Zeilen zurück, wo Liebe ... Würde ... Gewissen ... Güte – wo alles, aber auch alles in diese schmale Lücke abstürzen konnte, in den Spalt zwischen zwei benachbarten Wörtern.

Tartassow kam zurück. Wieviel Sprudel sollte man noch trinken! Er hatte schon Läuse im Bauch ... Sie war nicht da ... Wo steckte sie denn jetzt schon wieder? So sind sie, unsere Geschäftemacher von heute! empörte sich Tartassow, als er in der kleinen Diele herumstapfte, unschlüssig, wo er Larissa Igorjewna suchen sollte.

Die Zimmer ... Alle Türen fest zugezogen.

»Das geht zu weit!« erschallte hinter der Tür links eine erzürnte Mädchenstimme.

Und ein spröder Männerbaß:

»Was?«

»Das geht zu weit, hab ich gesagt.«

»Kostet das extra?«

Sie begann zu plärren:

»Ich ruf gleich die anderen Mädels! Ich ruf Larissa Igorjewna!«

Die Männerstimme (mürrisch; und bemüht, leiser zu sprechen):

»Schon gut! Schon gut! Hast dich erschreckt, armes Ding!«

»Ljalja«, rief Tartassow.

Aber die Mädchen fanden den Typen, der auf Pump bedient werden wollte, lächerlich. Er ging ihnen auf den Geist. Man sollte ihn zwingen, im Vierfüßlerstand zweimal »mäh ...« zu meckern – der geile Bock! ... Auf seinen Ruf hin drehten sie kaum ihr hübsches Köpfchen.

Und zürnten:

»Sie sehen doch, daß wir Pause machen! Wir entspannen uns grade ... Haben Sie denn überhaupt kein Gewissen?«

Ljalja, Galja und die rothaarige Alla tranken in diesem hintersten Zimmer Kaffee und rauchten. Sie hatten Pause. Und was ist das Wichtigste in der Pause? Eine Marlboro zu qualmen und zu lachen! Und schnell Neuigkeiten auszutauschen. Nach Herzenslust zu quatschen. Ununterbrochen.

»... in Zimmer vier. Ich könnte dort den Kassettenrecorder brauchen. Gena liebt Musik. Gena kommt heute zu mir.«

»Hallöchen, und zu mir kommt Garik! Der mag auch gern Musik.«

»Stop, Galja – nicht anmachen! ... Du kannst Gena mit keinem anderen vergleichen. Gena ist Gena. Gena ist für mich das reinste Sanatorium am Meer.«

»Wir bräuchten nur noch das Rauschen der Brandung!« witzelte Ljalja, und alle drei lachten.

Tartassow hatte ihren Spott schon vergessen. Laß sie doch! Er war nicht nachtragend ... Am Fenster stehend, winkte er Galja zu sich her (sie hatte ihm das Gesicht zugewandt). Komm her zu mir. Wenigstens Galja, so komm doch her … Nur für einen Augenblick!

Galja trat zu ihm, die qualmende Zigarette in der Hand. Tartassow flüsterte.

»Ich moderiere eine Fernsehsendung. Könnte dich zeigen. Zwischendurch …«

»Und was machen Sie da?«

Tartassow versuchte, ihr zu erklären, worum es bei »Unterhaltung beim Tee« ging.

»Das kann ich mir gar nicht vorstellen!« versetzte Galja schnippisch. »Wozu sollte man Leute wie Sie im Fernsehen zeigen?«

Tartassow entrüstete sich:

»Was heißt zeigen! Dumme Gans! … Ich bin es, der diesen oder jenen Menschen zeigt.«

»Und weiter?«

»Was weiter?«

»Sie werden mich zeigen – und was dann?«

»Einen Menschen im Fernsehen zu zeigen ist doch dasselbe, wie ihm eine Stange Geld zu geben. Damit begleiche ich meine Schuld …«

Die junge Frau schnippte den Aschekegel von ihrer Zigarette in den Gummibaumtopf auf dem Fensterbrett und schrie:

»Ljalja! Man verspricht, uns in der Glotze zu zeigen – machst du's dafür?«

»Vergiß es!«

Die rothaarige Alla fragte schalkhaft:

»Als Nackedei? Oder im Badeanzug?«

Alle drei kicherten, Tartassow aber drohte mit dem Finger, empörte sich – nichts da, keine Nackedeis und keine Badeanzüge! Es sei eine ernsthafte Sendung!

Larissa Igorjewna schaute ins Zimmer herein und rief: »Sergej Iljitsch. Der Tee ist fertig!«

Sofort hörte das Kichern auf.

Sie entführte Tartassow – ließ ihn am Tisch in ihrem kleinen Büro Platz nehmen. Der Tee war in der Tat fertig. Vorzüglich zubereitet! Larissa Igorjewna reichte ihm die Tasse.

Und schob ihm das Körbchen hin:

»Ihre Schokolade, Sergej Iljitsch. Zum Tee ... Sie schmeckt wirklich sehr gut!«

Tartassow schwieg. Bitterkeit im Gesicht ... Verdruß über das Leben, über sein versiegtes Talent, das alles bedrückte den Mann. Die Stirn, die Ringe unter den Augen ... die Wangen zuckten unter dem sichtbar gewordenen Netz winziger Fältchen.

Er trank in langsamen Schlucken, Larissa Igorjewna war ans Fenster getreten. Kam aber zurück ... Stand hinter dem Mann und streichelte ihm den Hinterkopf, den Hals. Streifte ihm die Schuppen von den Schultern.

»Das Leben ist halt vorbei, Serjoscha«, sagte sie mitfühlend.

»Vorbei – na ja, von mir aus!« versetzte Tartassow bissig.

Plötzlich war seine Trübsal wie weggeblasen, sein Gesicht hellte sich auf. Er suchte eine Vertiefung (egal wo). Aha, da in der Tür! Vor kurzem war das Schloß ausgewechselt worden … Er erspähte einen dunklen Spalt, der seine Phantasie erregte. Als enger Durchlaß führte er hinaus, in den Raum jenseits der Tür.

»Ich hab ihn gefunden. Und du?«

»Ich hab ihn auch gefunden.«

Die Luft geriet in Bewegung …

Ohne zu zögern, flog Tartassow los – er verjüngte sich und verscheuchte die Bitterkeit aus der Seele –, in den Engpaß hinein, Larissa Igorjewna folgte ihm. Die Vergangenheit hätte sie aufs neue trennen können, doch diesmal schaffte es Larissa Igorjewna, sich eisern an ihm festzuhalten.

»Zusammen?! Zusammen!« schrie sie und verschluckte sich am stürmischen Seitenwind.

Ihre Hand schnappte seine Hand, die Finger verkrallten sich. Pfeifend rasten sie durch den immer enger werdenden Tunnel. Larissa eine halbe Körperlänge vorneweg. Sie flog … Streifte ab und zu das Gewölbe. Schrammte sich ab und zu die Hüften. Ließ jedoch keinen Augenblick die Männerhand los, die bereits merklich abschwoll (jünger wurde).

»Laß meine Hand los …«

Sie lagen beieinander (gut getroffen) … In ihrem Zimmer, in ihrem Bett und liebten sich (ja, ja, getroffen), nur den Augenblick hatte Larissa nicht ganz richtig erwischt. Nicht, wie sie es sich gewünscht hatte. Die Vereinigung hatte bereits stattgefunden. (War schon vorbei ...) Jetzt ruhten sie aus.

Dafür zusammen ... Auf der Kommode das vertraute Ticken des Weckers. Und auf dem Tisch die stehengelassenen Tassen mit dem kalten Kaffeesatz.

»Schläfst du?«

Er gab keine Antwort.

Nach dem Liebesakt, der sie ermattet hatte, schwieg er gern. War still ... Larissa strich sich über die Wangen, um ihre Jugend zu überprüfen, ob sie auch keine Falten spürte. Sie lächelte. Ja, sie war jung.

»Schläfst du?« Sie zupfte ihn am Ohr, damit der junge Tartassow in Gedanken nicht zu weit abdriftete, wie Männer es nach der Liebe manchmal tun. Damit er nicht vergaß, wem er diesen Augenblick schuldete. Nicht schlafen, nicht schlafen!

Er schlief nicht. (Schlief nicht und hatte nicht vergessen.) Doch er hatte den Kopf bereits dorthin gedreht, wo ihr Wecker tickte. Wieviel Zeit haben wir noch?

Larissa wollte etwas Zärtliches sagen. Wollte sprechen, konnte aber nicht. Wie das? ... Ach, ja! An jenem Abend hatten sie eine ihrer liebgewordenen, kleinen Auseinandersetzungen gehabt. Larissa hätte Tartassow jetzt gerne etwas erklärt ... sogar ihm recht gegeben ... Aber sie konnte nicht ...

Sie konnte nichts ändern. Sie strengte sich an, öffnete den Mund, bewegte heftig die Lippen ... kein Laut. (Mußte in jenem Streit leben, auch wenn er ganz belanglos war.)

Sie lag mit dem Rücken zu ihm, da berührte Tartassow (zufällig?) mit den Lippen ihren Rücken, ihre Schulterblätter. Die Berührung erschien ihr in jenem Augenblick nicht ganz versöhnlich, aber doch zärtlich. Angstvoll! ... Larissa schluchzte auf. Sie versuchte, sich zu erinnern, wie lang sie schon in diesem neckischen Streit lagen (noch liegen sollten). Eine Woche? Oder gar zwei? ... Du lieber Himmel!

Tartassow hatte ebenfalls begriffen, daß man die Vergangenheit nicht auf Bestellung bekommt. Dort herrscht ebenfalls Pluralismus. Und die Rückkehr ist Wagnis und auch Suche ... Ja, ja, auch in der Vergangenheit muß der Mensch suchen, mit beiden Händen im lockeren Haufen wühlen! ... Sie lagen nebeneinander, spürten die Wärme des anderen. Die Wärme ihrer Körper versiegte (verging) unerträglich langsam.

Larissa hatte sich umgedreht, nun war ihr Rücken ganz nah vor seinen Augen. Ihr weißes Schulterblatt, die Leberflecken ... Das Weiß ihres Körpers verblüffte ihn. Tartassow schaltete seine Gedanken ab, als er die Ausbuchtung ihres Schulterblatts leicht mit den Lippen berührte.

Seine Lippen berührten sie; schlossen sich sanft von allein. Und siehe da – Larissa schlief nicht, erschauerte. Schluchzte auf. Aber vielleicht schien es ihm auch nur so.

Er zögerte. Auf seinem Gesicht hielt sich noch der Anflug des Glücks – das feine Lächeln, mit dem er jedesmal in ihrem Bett erwachte.

Das Glück verflüchtigte sich jedoch. Dafür an der Wand ... Was war da? Tartassows besorgte Gedanken drangen erneut in die Tiefe ein, noch tiefer. (In die Vergangenheit. Er hatte Lust darauf.)

Larissa berührte seinen Rücken ebenfalls mit den Lippen. (Er spürte, wie sie zwei, drei Sekunden zauderte.) Jetzt hatte er ihr den Rücken zugekehrt. Sein Schulterblatt war wohl knochig (oder lag hoch oben). Deshalb reckten sich ihre Lippen zunächst. Dann berührten sie die heimlich erbebende Vertiefung unterhalb des Schulterblatts; die gefährlichste Stelle der Männer.

Tartassow warf einen Blick auf den pausbäckigen Wecker.

Larissa schaute ebenfalls drauf. Gleich würde sie vermutlich fragen, wie er den Engpaß sucht.

Larissa hatte gar nicht bemerkt, wie er verschwunden war. Er war schon enteilt!

Im Nu fand sie einen Gang – und stürzte ihm nach. Ohne sich umzublicken, sauste sie durch den Engpaß. Dieser Druck auf den Ohren!

Tartassow hielt ruckartig an, um umzukehren. Und erneut in die Vergangenheit abzutauchen. So weit wie möglich in die vergangenen Tage ... tiefer! ... Aufs Geratewohl ...

Doch er landete ganz in der Nähe (nur kurz nach den schlimmen Tagen). Landete wieder in der ramponierten

Telefonzelle ... Rief irgendwo an, ließ nicht locker – erkundigte sich nach irgendeinem Zug – wozu das? – und schrie wieder leidenschaftlich etwas vom verdammten Geld.

Einen Augenblick später rief er beim Verlag an und versuchte, die Leute dort zu überzeugen, daß seine Geschichten auch in der heutigen Zeit gut waren. Seine Geschichten taugten »für alle Zeiten«, oder etwa nicht? Aber diese Sturköpfe gaben nur ein höfliches »Mhm« von sich. Sie hätten – sehen Sie! – starke Zweifel ... »Ich werde vergessen! Ich werde vergessen!« schrie Tartassow und trippelte erregt in der Telefonzelle herum. Erklärte, bettelte ... Schrie mit beklommenem Herzen und einer schrecklichen Trockenheit im Mund.

In der Fuge zwischen dem Glas und dem Metall der Telefonzelle entdeckte Tartassow einen Spalt (und dahinter die einladende Dunkelheit). Kaum hatte er ihn erblickt, machte er sich schleunigst aus dieser Zeit davon! Zum Teufel mit allem, mit dem Zug, mit dem Geld, mit den versoffenen Landsleuten! Mit der Wiederauflage seiner Bücher! Und mit den wiedererstarkten Klugscheißern in den Lektoraten! Weg mit ihnen! – Pfeifend sauste er zurück, zurück! In die Gegenrichtung! Bremste ab und ... landete leider wieder ganz in der Nähe. In denselben Tagen. Genau denselben. Scheiße!

Entweder hatte seine Seele zu wenig Anlauf genommen, oder der Engpaß ließ Tartassow nicht mehr tiefer in die Vergangenheit hinein. Es klappte nicht ... Er bekam nicht mehr die glückliche Zeit gewährt, als sein Schritt noch federnd und leicht war ... Als die Erzählungen nur so von allein hervorsprudelten, eine nach der anderen. Als seine junge Frau ... Als die gerade erst entstehende Affäre mit der netten Zensorin ...

Es begann zu tröpfeln.

»Sauwetter, auch das noch«, brummte Tartassow, als er die Telefonzelle verließ. Er schritt auf der vor Nässe dunklen Straße aus.

Die Zeit war Mist, und das Wetter war Mist ... er könnte einen wärmenden Schluck vertragen. (Bei Ebbe im Portemonnaie.) Tartassow holte seine Geldbörse heraus und ließ sie wieder verschwinden. Wenigstens ein Bierchen ...

Schöne Bescherung! dachte er. Welches Loch man auch sucht ... Wie tief (in Gedanken) man sich auch hineinschraubt, man kommt nicht mehr in den fernen Jugendtagen heraus. Immer nur in der Nähe. Immer neben dem kleinen Loch, durch das der Wind pfeift. Die Zeit ließ ihn nicht. Tartassow hatte keinen Zugang mehr zu den Tagen, als es noch ... seine Familie, seine Frau, sein kleines Söhnchen und ... seine Texte gab. Ach, die Texte. (Wenn es nur endlich Morgen wäre und er sich vors Papier setzen könnte!) Wo war das alles geblieben? ... Oh, Zeit, so warte doch! bat der Prophet. Aber was sollte man hier warten? Und worauf?

Also was? Noch ein Versuch? Wollen wir es noch mal mit der Vergangenheit probieren? Wo ist denn hier, verdammt noch mal, ein feiner Spalt?

O weh und ach! Tartassow landete in seiner Vergangenheit aufs neue in einer Telefonzelle, wo er fror, Leute anrief und sie anflehte, ihm Geld zu borgen ... er fluchte!

Ekelhaft.

»Wo warst du denn so lang?«

»Weg«, antwortete Tartassow, vom raschen Gehen noch ganz außer Atem.

»Wie kalt du bist. Und ganz naß ...« Larissa Igorjewna, die am Tisch saß, zog fröstelnd die Schultern hoch.

Tartassow machte eine matte Geste:

»Herbst.«

Larissa Igorjewna (Geschäftsfrau, Chefin!) beugte sich über die Papiere. Strich Zahlen durch, trug Zahlen ein.

Doch nun hob sie die Augen.

»Ich habe dir immer noch nicht vorgelesen ... aus deiner letzten Erzählung. Die Seiten, die ich so liebe. Möchtest du?«

»Nein.«

Dann eben nicht. Sie schob die Papiere wieder zu sich.

»Studierst du deinen Haushaltsplan? Einnahmen und Ausgaben? Machst du alles selbst?«

»Ja.«

Larissa Igorjewna horchte kurz; in den Zimmern war Ruhe, ihre Mädchen waren in Ordnung, Kleidung und Schuhe, alles war gut, alles war tipptopp ... und trotzdem machte sie das Finanzielle selbst! Rechnen und nachrechnen! (Den Jahreskostenplan revidieren.) Sie mußte in ihrem bescheidenen Unternehmen sparsam wirtschaften.

»Wie wär's mit Tee?« fragte sie.

»Immer nur Tee. Wieviel denn noch!« knurrte er.

Kostenplan hin oder her, beim Gedanken, daß Tartassow nicht verschwunden war, sich nirgendwo verkrümelt hatte (er saß hier), spürte Larissa Igorjewna, wie sich ihr lebendiges Herz plötzlich zusammenkrampfte. Es zog sich zusammen ... und entspannte sich wohlig. Wirklich ein liebendes Instrument! (Wie lange und treu diente es ihr.) Sollte sie Tartassow nicht in der dritten Person davon erzählen: wie von einer anderen Frau ... von der unveränderlichen Natur des weiblichen Herzens – vielleicht würde es ihn inspirieren? Und von ihrem Opfergang seinerzeit zu Wjuschin. Wenigstens mit einer Andeutung.

Erregt und leicht erschrocken (nein, nein! Das versteht ein Mann nicht!) schenkte sie sich Sprudel ein. Es klopfte an der Tür.

Larissa Igorjewna setzte den Mund an die perlende Flüssigkeit. Die Erregung ließ nicht nach. Eine Vorahnung? ... (Wieder klopfte es – poch, poch.) Larissa Igorjewna schrie:»Herein!« Es wurde noch ein- oder zweimal an die Tür geklopft. Und herein trat ... Galja.

In dem weißen Trikothemd, das ihre kleinen Brüste und den flachen Bauch knapp umspannte, wirkte Galja sehr frisch. Sie war gertenschlank. (Hatte ihren Kaffee ausgetrunken, genug geraucht und langweilte sich jetzt offenbar.)

Und war aus Langeweile hergekommen:

»Wo ist dieser Typ? ... Der auf Pump wollte?«

Galja blieb in der Tür stehen, traute sich nicht, das Büro zu betreten (aus Hochachtung vor Larissa Igorjewna). Sie winkte ihm nur mit ihrer zarten Hand – gehen wir, Schauspieler!

»Schriftsteller. Ich bin Schriftsteller«, verbesserte sie Tartassow.

»Eine Gratisnummer.«

Sie klapperte mit den Absätzen über das Parkett der Diele. Ging, ohne sich umzublicken, in ihr Zimmer – Tartassow schluckte die Spucke im Mund hinunter und stürzte ihr nach.

Larissa Igorjewna blieb nur der Klang seiner hastigen Schritte, denen man die Furcht anhörte, von Galja abgehängt zu werden. Es tat ihr einen Augenblick weh. (Aber doch nicht so weh wie in früheren Jahren, als sie ohne diesen Menschen nicht leben konnte.) Nein, so was! Ich liebe ihn immer noch, dachte sie und berührte leicht ihre Brust, wo das Herz einen Stich verspürte.

Hauptsache, nicht gleich Trübsal blasen. Das Weitere wird schon werden. Das werden wir schon überstehen …

Sie versuchte zu lächeln, trank erneut Sprudel, ein köstliches Getränk! (Einen neuen Kasten bestellen.)

Und wieder klopfte es an der Tür.

»Guten Tag.«

Ein Mann. Gut gekleidet. Glatze. Und ein sehr, sehr bekannter Blick … Du lieber Himmel! Was wollte er hier?

Larissa Igorjewna war weniger bestürzt, eher erstaunt über sein Erscheinen: Er war doch einer von denen. Von den Mächtigen und Wichtigen! ... Die amüsierten sich normalerweise in teuren Saunen. In geschlossenen reichen Etablissements ... Dort wurden sie von nackten Mädchen umturtelt – von zwei oder drei auf einmal. Dort wurde kompromittierendes Material gesammelt ... aber was wollte er hier? In ihrem ruhigen, mittelmäßigen Puff?

Wjuschin, gepflegt und vorzüglich gekleidet (ja, er war es! Nur inzwischen mit spiegelblanker Glatze!), lächelte. Er wiederholte, sanft die Stimme dämpfend:

»Guten Tag. Guten Tag, Larissa!«

Dann erzählte er, wie mühsam er sie ausfindig gemacht habe, wie er angerufen habe und ihre Mädchen (verschwiegene Damen!) nichts von alledem gesagt hätten. Was für eine Geheimniskrämerei! Und was für eine gute Schule! ... Er habe aber dennoch die Adresse herausbekommen und sei jetzt froh, so froh, sie wiederzusehen – sei gegrüßt, meine Liebe!

Larissa Igorjewna warf einen raschen Blick aus dem Fenster, um zu sehen, wo sein Wagen stand. Eine gediegene Limousine, aber ohne Schnickschnack (er tarnte sich) ... Und ohne Fahrer – er war selbst hergefahren, allein.

»Allein, allein!« lachte Wjuschin, der ihren Blick erhascht hatte.

Larissa Igorjewna, die nicht wußte, wie sie sich in dieser neuen Situation verhalten und mit dem alten Bekannten und ehemaligen Kollegen umgehen sollte, wurde streng. Und geradlinig. Diese Manier hatte ihr immer geholfen. Sie freue sich. Sie freue sich, ihn zu sehen. Aber sie könne nur das ganz normale Programm anbieten. Die Mädchen seien einfach. Bescheiden. Keine Extravaganzen und sonstige Faxen. Hier sei *alles wie daheim*. Sie freue sich, ihn zu begrüßen … Ich freue mich, Sie zu sehen …

»Dich. Sag du zu mir, Larissa! Du solltest dich schämen!«

»Ich freue mich, dich zu sehen.«

Und fuhr fort, sie habe natürlich von seinem schwindelerregenden Aufstieg gehört. Wisse, daß er jetzt ganz oben sei, aber … aber ihre Mädchen seien bescheiden, normal. Was wollte er von ihnen? (Soll sich doch ein so hohes Tier im eigenen Ambiente vergnügen.)

»Welche Mädchen! Ich habe dich gesucht. Dich, Larissa …«

Das könne sie nun ganz und gar nicht glauben. Dummes Zeug.

»Zu Unrecht glaubst du mir nicht! Ich habe mich erinnert. Ja, ich hatte es vergessen … Ja, die Zeit … Aber trotzdem habe ich mich an unsere damalige Begegnung erinnert. Stell dir vor … Ich erfuhr plötzlich, wo du steckst – und stand lichterloh in Flammen. Ein sinnlicher Impuls, blitzartig, ganz kurz. Aber von solcher Kraft!«

Sie wußte nicht, was sie denken sollte. (Er wollte sie.)

Wjuschin, der sich nun etwas freier fühlte, zog seinen eleganten hellen Trenchcoat aus. Und holte eine bauchige Flasche aus der Aktentasche. Champagner … Mit dem roten Streifen diagonal über dem Etikett, wie auf der Reklame …

»Aus alter Erinnerung, Larissa. Gönnen wir uns ein gemeinsames Stündchen ... Du gestattest doch?«

Sie wog ab: sich lautstark empören? Oder mit leisem Spott? Einen Mann in seine Schranken zu verweisen (sie verstand sich darauf), war mit Spott am einfachsten.

Aber Wjuschin sagte, als hätte er es schon in petto gehalten:

»Übrigens, beim Fernsehen findet jetzt ein Personalwechsel statt. Eine Säuberung ... Die alten Säcke werden entlassen, unter anderem auch Tartassow.«

Erst jetzt wurde Larissa Igorjewna rot. Man hatte sie erinnert ... Sie geriet einen Augenblick in Verlegenheit. Doch dann sagte sie klar und streng:

»Ich empfinde schon lang nichts mehr für Tartassow.«

»Verstehe. Aber trotzdem ... Aus alter Erinnerung willst du doch sicher nicht, daß er entlassen wird?«

Sie zuckte die Achseln – ich weiß nicht. Wer kann das wissen! ... Sie dehnte die Pause. Ließ sich absichtlich Zeit mit der Antwort.

Dennoch sagte sie:

»Ich möchte nicht.«

»Eben. Genau das ist wichtig ... Weißt du, das ist für uns alle wichtig. Für uns alle, die wir langsam alt werden, ist es wichtig, einander zu unterstützen. Zumindest auf Entfernung ...«

Wjuschin sagte wieder in bittendem Ton:

»Aus alter Erinnerung, ja?«

Larissa Igorjewna nickte und tat den ersten Schritt. Nahm den Fernsehbaron am Arm. Führte ihn aus dem

Büro. Sie werde sich bemühen. Sie werde sich etwas Schönes für den Baron ausdenken! Lächelnd, beherrscht und dennoch von leichter Panik ergriffen, als sie sich auf die überraschende Situation einließ (Tartassow und Wjuschin durften nicht aufeinandertreffen), führte Larissa Igorjewna Wjuschin am Arm. Führte ihn fort.

»Hier hinein.« Mit beklommenem Herzen führte sie den Mann in das Reservezimmer. Doch hier ging alles schon leichter. Weder die Mädchen noch sonst jemand käme ungerufen herein. Es war Larissa Igorjewnas Ruheraum.

Er trug den Champagner in der Hand, hatte nicht vergessen, ihn mitzunehmen. Mit dem diagonalen Streifen … Stellte die Flasche behutsam auf das Tischchen.

»Ein nettes, kleines Zimmer. Still und gemütlich«, flüsterte Wjuschin, der sich schon auf Zärtlichkeiten einstimmte.

Ja, still sei es.

Sie wehrte seine Hand ab.

»Ich bringe dir ein tolles Mädchen. Ljalja.«

»Nein.«

»Sie wird dir gefallen.«

»Nein und noch mal nein!« Wjuschin erklärte ihr energisch (aber flüsternd), daß er ein alternder Mann sei und nicht alles so einfach gehe. Er habe schon Probleme – welche? –, na, zum Beispiel, daß er mit Unbekannten nicht könne. Er könne es nicht mehr. Könne und wolle nicht. Wolle keine Mädchen. Er könne nur mit Frauen von früher. Er druckste: nur aus alter Erinnerung …

Mit bebenden Händen begann Wjuschin, der imposante, gediegene, kahlköpfige Herr (einst war er hager, leicht! Und wie geistreich!), behutsam Larissa Igorjewna aus ihrer beigefarbenen Jacke zu helfen. Ich bin nervös, sagte er. Sehr nervös. Da setzte sich Larissa Igorjewna aufs Bett. Gewöhnlich ruhte sie hier. Das Bett war sauber, ordentlich. Du brauchst nicht nervös zu sein, ich zieh mich selbst aus …

Er ließ sich jedoch nicht bremsen, redete immerzu: Das Problem des alternden Wjuschin bestand nicht nur in der Erinnerung an die Vergangenheit, die ihn im Griff hatte (und nicht losließ) … Nicht nur darin, daß er die Liebe mit Damen, die er von früher kannte, wiederholen mußte, sondern auch darin, daß es mit jedem Jahr (mit zunehmendem Alter) sogar mit den bekannten immer seltener klappte. In letzter Zeit habe es nur mit dem berüchtigten »Präsidentensex« geklappt, und auch nur diese Variante … orales Glück! … für die Frau – ja, eine Laune, du hast recht! Eine Laune, Schrulle, Verdrehung, aber anders geht es nicht und macht keinen Spaß. Alles vergebliche Liebesmüh …

»Das finde ich aber gar nicht gut!« Larissa Igorjewna schaute ihm in die Augen.

Sie ärgerte sich über ihn, war aber auch bekümmert (seinetwegen). Eine Frau alten Schlags freundete sich nur ungern mit diesen neumodischen Sexpraktiken an. Das ging zu weit. Blöder Einfall! (Blöde Einfälle von Männern, die nie etwas bereuten.) Doch sie beherrschte sich. Der Gedanke an das Opfer nahm ihr bereits den Atem.

Wjuschin redete heftig auf sie ein – versteh doch, das ist auf der ganzen Welt so, Larissa, das ist ja das Traurige. Ich bitte dich, versteh das! Alle Spitzenbosse und Minister, alle hohen Tiere leiden daran, das ist unsere Krankheit … Kabinettskrankheit … wir haben Mitgefühl verdient! – Der Champagner zischte. Wjuschin trank sein halbgefülltes Glas in einem Zug aus. »Hab Mitleid mit mir. Hab Mitleid … Ich bin ein armer Hund! Ich habe dich lange gesucht. Hab's verdient …«, murmelte er, während er sich hastig aus seinem eleganten Dreiteiler schälte. Beim Lösen der Krawatte verhaspelte er sich plötzlich.

Ihr wurde leichter, als sie ihn besser verstand. Das Leben zermürbte ihn. Armer Hund? dachte sie fragend; sie bedeckte ihren kalt gewordenen Busen mit den Händen und wartete.

Nebenan versuchte Tartassow ebenfalls, Galja sein verzwicktes Gefühl zu erklären:

»Man empfindet die Frau auf besondere Art, wenn sie's auf Pump macht. Ich zum Beispiel … Ich nehme deinen Busen ganz neu wahr … deine Taille, deinen Po … Ein ganz neues Gefühl. Bitte. Bitte noch mal … U-uch! … U-uch … Gut so?«

»O-oha.«

»U-uch.«

»Oha.«

»U-uch.«

»Oha.«

»U-uch … Ich versuche zu verstehen, warum … uuch …

warum es auf Pump so schön ist. Besonders beim zweiten Mal ... u-uch ... Warum? So was wie Sein auf Kredit, was? ... U-uch ... Was meinst du dazu?«

»Ich meine, du bist einfach ein Geizkragen«, sagte Galja.

Doch einen Unterschied gab es: Diesmal empfand Larissa Igorjewna mit Wjuschin keine Erniedrigung. (Und wenn es keine Erniedrigung war, brachte sie dann auch kein Opfer?) Im Gegenteil, nicht sie, sondern der Mann war gleichsam von vornherein schuldig. Behandelte sie zartfühlend ... So weich und behutsam waren seine Finger, Fingerkuppen, die ihre Schenkel und ihren Bauch berührten. Sie hatte sogar den klaren Gedanken, daß er schuldig und erniedrigt sei – ja, ja, schuldig und erniedrigt durch seine offenkundige Schwäche (sein verheimlichtes Chefleiden). Er wußte selbst, daß er erniedrigt war – weshalb würde er sonst so zappeln und flattern wie eine Motte gegen die Lampe, während er zwischen ihren Knien herummachte.

Sie vernahm sein Gemurmel, Stammeln – einzelne Ausrufe:

»Das ist ein Wunder. Ein Wunder! Ich ... ich spüre wieder ... das Leben. Herrlich ... Ich ...«

Seine Worte kamen abgerissen, verhaspelten sich, sein Gesicht war immer noch zu ihrem Schoß gebeugt, in Berührungen vertieft, die ihr nicht ganz einsichtig waren. Die den Beginn eines verzögerten Liebesspiels bedeuteten.

Wenn Larissa Igorjewna die Augen senkte, stieß ihr Blick sogleich auf seinen gewaltigen Kahlkopf. Man hätte meinen können, sie sähe ihren aufgeblähten Bauch. Ihren eigenen riesigen Bauch in jener Zeit, als sie ihre Tochter erwartete ... Der Bauch war damals genauso groß. Weiß! Glänzend! ... Und genauso beweglich und greifbar. Und erzitterte ab und zu genauso sinnlich wie dieser schuldbewußte, kahle Schädel.

»Aber, aber!« schrie sie leise auf, als sie dort eine leichte (und sichtlich zufällige) schmerzhafte Berührung verspürte. Was den Mann zu noch schuldbewußterer Unruhe veranlaßte.

»Verzeih ... verzeih ... Lara.«

Um diese vernehmlichen Worte zu sprechen, mußte er sich zumindest einen Augenblick losreißen ... Er zögerte ihn hinaus ... Schau doch nur, wie demütig und gehorsam ich bin. Sie schaute. Ihr Blick traf erneut auf die Kuppel seiner Glatze. Auf die ängstlich gehobenen glücklichen Augen des Mannes. Die zitternde rosa Zungenspitze tauchte kurz auf. Der Mund war offen ... Der Mann keuchte ...

Es stand in ihrer Macht, ihm zu gestatten und zu verbieten. War das die Möglichkeit! Sie war entzückt ... Ihr ganzes Leben war sie, die kleine Zensorin, tatsächlich der große Zensor gewesen, der frei darüber entschied, ob er gab oder nicht. Ob er Leben gab oder nicht ...

Schoß der Urmutter? ... Millionen Menschen (in der Zukunft) hingen unmittelbar von ihrem kleinen, gelebten Leben ab. Über ihre Tochter, ihre winzige Enkelin und weiter, immer weiter! Zum Verrücktwerden! Der grandiose Muttergedanke war wahrscheinlich nicht Larissa Igorjewnas eigener Gedanke. Dieser Gedanke erfüllte Wjuschin, der sich daran berauschte (und ihn ihr telepathisch übertrug). Er war glücklich. Erstickte jetzt beinahe … Beeilte sich … Die Haare hinter seinen Ohren, die seine Glatze umrahmten, sahen von oben wie zitternde Hummelflügelchen aus. (Wie eine Nektar saugende Hummel.) Er unterbrach sein Tun … Aber nur für einen Augenblick … Suchte mit seinen Augen Larissa Igorjewnas Blick, vielleicht aber auch weiter oben die feierliche weiße Decke – vielleicht auch den Himmel draußen – und stieß entzückte Schreie aus:

»Ihr Frauen seid glücklich! Larissa! Jede besitzt dieses Wunder … dieses enge … Wunder!«

Er tauchte wieder ab, nach Lust heischend, und Larissa Igorjewna streichelte unten mit nachsichtigen Bewegungen seine gewaltige Glatze. (Sie hatte sich schon beruhigt. Es war schon einfach für sie.) Sie kitzelte ihn (den Kopf) leicht hinter den Ohren. Spornte ihn milde an … Lebe. Trinke. (Wie aus der Quelle.) Berausche dich. Sei glücklich.

Wjuschin empfand die Botschaft der Zärtlichkeit und löste seinen Kopf erneut aus ihrem Schoß. Warf den Ballon seines Kopfes kurz hoch. Und stieß wieder mit stockender Stimme aus:

»Du weißt ja … Wenn der Mensch stirbt … zwängt er sich durch einen Tunnel. Durch die enge Pforte. Die enge Pforte! Dort geschieht das zweite Wunder. Das zweite große Wunder in unserem Leben …«

Er holte Luft:

»Wir scheiden durch den Engpaß (aus dem Leben) und treten durch ihn ein (ins Leben) … Das ist der allertiefste Grund der Philosophie. Alles andere ist das Nihil. Staub. Schuppen … Es gibt nur zwei Wunder im Leben – und das eine habe ich vor mir! Larissa! Ich …«

Sie war es leid, den Sinn seines Gestammels zu ergründen, nahm seinen kahlen Kopf sanft in beide Hände und drückte ihn an sich, ersäufte seinen geschwätzigen Mund – schweig, mein Freund! Es reicht!

»Das philosophische Verst…«, schrie er.

Doch sie gab ihm nur einen leichten Klaps auf seine in die Höhe geschnellte Glatze. Platz! Trink! Berausch dich …

Wie sie so im Bett lag und an die weiße Decke starrte, rief sie sich als junge Frau in Erinnerung. Damals war sie voller Scheu und Angst! (Versuchte, Gegenliebe in den unsteten Blicken des Mannes zu erhaschen. Wie lang war das her!) Aber jetzt waren sie alle hier. Junge … Gestandene … Greise und Grünschnäbel. Berühmte und Namenlose. Rotschöpfe und Braunhaarige. Tausende und Abertausende von Männern (wieder dieser Gedanke … oder ein anderer?) – Millionen Männer, die sich vor ihrem Schoß wie vor dem Eingang drängelten. Mit der Bitte um Einlaß … Jetzt liebte sie alle, weil sie Tartassow liebte, darin bestand die Geschichte ihrer Liebe.

Wjuschin hob den Kopf. Ein Telepath erster Güte! Er war aufgeregt … Die feuchten Lippen schlürften – was wollte er?

»Hör zu ... Tartassow (wenn man ihm jetzt nicht hilft) soll wirklich gefeuert werden. Man hat schon jemanden als Ersatz vorgesehen.«

Sie schaute ihn schweigend und hart an (von oben nach unten): Dann hilf ihm.

Er verstand:

»Ich werde ihm helfen, Larissa. Ich schwör's ... Die finden ja rasch Ersatz. Nehmen Vitja Jerofejew. Der ist nicht dumm. Und ebenfalls bereit, ständig zu wiederholen, daß die Literatur im Sterben liegt ...«

»Warum muß er das wiederholen?«

»Wie warum? ... Es geht um Einschaltquoten. Für das Fernsehen ist es gut, wenn die Leute nicht lesen. Wenn weniger gelesen wird, wird mehr geglotzt. Wir lassen die Literatur gerinnen.«

Seine Männerhände wurden einen Augenblick (er dachte an seine Kabinettsangelegenheiten) besorgter und härter, während sie ihre Schenkel kneteten. Entspannten sich jedoch sogleich aufs neue und streichelten sie wieder zärtlich.

»Ein Wunder ... Was ist das für ein Wunder! Nein, du als Frau bist nicht imstande, das zu begreifen!« schrie Wjuschin auf und machte sich erneut ans Werk. »M-m! M-m!« stammelte er dumpf, irgendwo dort in der Tiefe.

Daß er dort nur nicht ganz verschwindet, der arme Teufel! Der große Mann! dachte Larissa Igorjewna bang (und mit einem Lächeln).

Und schluckte den kleinen Glückskloß in der Kehle hinunter. Der Mann kam unterdessen auch gut voran ...

Gab sich Mühe. Sie verspürte einen leichten, unspektakulären Orgasmus. Es verengte sich ein bißchen trocken da unten, knirschte; ein blasser Erfolg, aber immerhin. Er hatte es geschafft.

Er war offensichtlich müde. Verschnaufpause. Soll man reden? Er hob kurz die Glatze.

»Was ist mit Tartassow – schläfst du manchmal mit ihm?«

»Nein, schon lang nicht mehr. (Stimmt leider.) Aber das spielt keine Rolle. Sorge trotzdem dafür, daß er seine Sendung behält. Daß er nicht gefeuert wird. Daß er sein Honorar bekommt. Warum soll er noch mal Hungerjahre durchmachen?«

Wjuschin nickte: Ja, natürlich! … Seine Augen wollten immer noch mehr. Sie flehten geradezu! … Sie empfand indirekt diese seltsame, den Mann anziehende Angst vor dem Geheimnis des Schoßes. Vor diesem Mysterium in der schlichten biblischen Tarnung – in der weichen Mulde der weiblichen Schenkel.

Wie alle Spitzenbosse wußte Wjuschin wahrscheinlich nichts von der Möglichkeit, sich in den Engpaß hineinzuschrauben und sich durch ihn durchzuzwängen. (Und unsere wirre Zeit gegen etwas anderes zu tauschen.) Gut, daß er nichts davon weiß, dachte Larissa Igorjewna.

In seiner hochpathetischen Begeisterung (und philosophischen Ekstase) würde er jetzt wohl die leichtsinnige Entscheidung treffen zu gehen. Tief hinein in das Wunder, das er gefunden hatte. Um die Zeit gegen die Nicht-

238

zeit zu tauschen. Er würde bestimmt gehen. Dorthin, wo die Ungeborenen waren. Die noch nicht auf die Welt gekommen waren ... Wo die Unendlichkeit des Nichtlebens war. Und der Rest Schweigen.